Inhaltsverzeichnis

Der Mann im Rotlicht
Der Kiez-Roman

Meine ganze Liebe, Sorge, Ungewissheit und Ängste stecken in diesem *Roman*……

Ich drehte mich im Kreis, mein Leben war eine einzige Warteschleife.

Alle ein bis zwei Jahre ein neuer Job, den alten Job verloren oder selbst gekündigt. Neue Freunde gefunden und alte Freunde abgelegt oder als Freundin abgelegt worden. Ich wusste nicht was ich tun sollte. Irgendwie musste es doch einen Ausweg aus diesem Karussell geben. Es ging mir ja nicht schlecht, ich hatte eine kleine gemütliche Wohnung, einen recht gut bezahlten Job, der mich aber nicht ausfüllte und alles um mich herum heiratete. Ich war bereits 30 Jahre alt, Single und ein passender Mann war so gar nicht in Sicht. Außerdem war ich froh meine letzte katastrophale Beziehung verdaut zu haben. Nun, ich war mal wieder auf einem Junggesellinnen-Abschied eingeladen. Eigentlich hatte ich überhaupt keine Lust wieder nur Zuschauerin zu sein, ich wollte meinen eigenen Junggesellinnen-Abschied feiern, aber ohne Mann nun mal nicht möglich. Meine beste Freundin Vroni überzeugte mich doch mitzukommen. Sie sagte:" Ach komm´ ohne Dich ist es nur halb so Lustig und mit wem soll ich über die Anderen lästern?" Wir trafen uns bei der werdenden Braut, zogen ein paar selbstbemalte T-Shirts mit „Ninas letzte Nacht" an, verkleideten Nina mit Schleier und Bauchladen und schon ging es los.

Da wir nun etwas außerhalb des Stadtzentrums wohnten, hätte Nina bereits im Bus und in der Bahn Zeit gehabt, die kleinen Schnapsflaschen, Kondome, Lollis, Kaugummis und das weitere Zeug auf dem Weg zur Hamburger Reeperbahn verkaufen zu können. Nina gehörte aber nicht zu den Frauen, die sehr mutig gewesen wäre, um auf die Passanten zuzugehen, um Ihnen Etwas zu verkaufen…

Wir ermahnten Nina immer wieder aufs Neue, dass, wenn Sie die kleinen Mitbringsel nicht verkauft, wir auch keinen Stripper für Sie springen lassen können.
Es dauert insgesamt 4 ½ Stunden, bis auf der Reeperbahn all diese Dinge verkauft hatten.
Zum Schluss, mit entsprechend Alkohol im Kopf hätte Nina fasst Ihr T-Shirt ebenfalls verkauft, dann hätte sie aber „oben ohne" dort gestanden. Davon konnten wir sie aber dann doch noch abhalten. Aber für ihren Schleier ließ ein Partygast sogar 50,- € springen. Ich ging von der Gruppe leicht angetrunkener Mädels vorweg.
Mir taten schon die Füße weh und so richtige „Feierlaune" wollte sich bei mir nicht einstellen und ich war noch nicht mal beschwipst. Da stand an einem Stromkasten gelehnt, ein Typ. Er lächelte mich an und rief mir ein Einfaches „Hi" zu. Seine Augen waren so schön mandelförmig und der Blick so liebevoll. Ich war wie in seinen Bann gezogen und ging ein paar Schritte weiter, während ich Ihn weiter ansah.

Als ich wieder zu mir kam, rief ich der Bande zu, die Mädels sollten mal fragen, ob er noch eine Kleinigkeit abkaufen könnte. Alle Mädels inklusive der Braut stürzten auf ihn zu und umzingelten ihn. Ich wagte mich ein paar Schritte vor. Mit jedem Schritt näher, stellte ich ihm eine Frage: „Hast du eine Freundin?" Er sagte: „Nein, ich habe keine Freundin." Und ich ging, ein Schritt auf ihn zu „Bist, du schwul?" Fragte ich und ging wieder einen Schritt auf ihn zu, während er meinen Freundinnen einen 10,- €-Schein in die Hand drücke und dafür einen Lolli und einen Schnaps abkaufte. „Nein, sehe ich so aus?" fragte er. „Nein, aber ich habe immer so ein Glück" sagte ich. Ich fragte noch „Mit wem bist du hier, wo sind deine Freunde?" Er sagte kurz: „Mit Niemanden, ich arbeite dort drüben." Und zeigte auf eines dieser Striplokale. Ich antwortete: „Bist du etwa ein Lude"?! „Nein, natürlich nicht! Nur weil man hier arbeitet ist man nicht gleich ein Zuhälter!" sagte er mit faltiger Stirn. Ich dachte nur, nun habe ich es versaut, aber ich fragte trotzdem: „Aber du hast bestimmt keine Lust mit mir mal…. ach vergiss´ es.", sagte ich. „Du meinst ob wir uns mal treffen wollen? Ja, klar! Hier ist mein Handy. Unter eigene Rufnummer ist meine Nummer gespeichert. Ich weiß meine Nummer nicht auswendig und muss auch wieder rüber, sagte er." Er drücke mir sein Handy in die Hand und ging ein paar Schritte in Richtung Lokal. Ich sah in sein Handy, um gleich zu checken, wie viele Frauennamen gespeichert waren. Da ich aber schon bereits etwas müde war und meine Auffassungsgabe nicht mehr die Beste, konnte ich gerade so sehen, dass kaum weibliche Namen gespeichert waren. Nun, speicherte ich seine Mobilnummer in meinem Handy. Als er wieder zurückkam, bat er mich ihn anzurufen, damit er meine Nummer speichern konnte. Das fand ich gut, so konnte ich herausfinden, ob seine Rufnummer wirklich richtig war. Wir verabschiedeten uns mit einem „Ciao" von aneinander. Seine mandelförmigen, herzlichen Augen ließen mich kaum los und ich konnte an nichts Anderes denken. Die Mädels sprachen mich alle an und fanden ihn auch total attraktiv und waren davon überzeugt, dass die Luft zwischen mir und ihm geknistert hätte.

Die Mädels Truppe und ich gingen über die nächste Ampel, um eine Pizza essen zu gehen. Von der gegenüberliegenden Straßenseite lächelte er mich noch immer an. Sogar als ich ein fettiges Stück Pizza in meinen Mund hatte....

Am nächsten Tag rief er mich gegen Mittag an. Er fragte noch wie mein Abend mit den Mädels war. Ich erzählte ihm, dass wir noch weiter über den Kiez gezogen sind und zum Schluss im Dollhouse einen Stripper für Nina bestellt hatten. Sie konnte gar nicht so recht etwas damit anfangen und traute sich kaum, den Stripper zu berühren. Wir hatten noch alle einen tollen Abend. Was ich ihm aber nicht sagte ist, dass ich vor Allem den Rest des Abends nur an ihn gedacht hatte…

Seit diesem Tag telefonierten wir täglich, wenn ich Feierabend hatte und er noch nicht zur Schicht zum Kiez musste. Er interessierte sich dafür, was ich beruflich und in meiner Freizeit mache und wie es bei der Arbeit gewesen sei, was ich so erlebt habe. Ich erzählte ihm was ich erlebt hatte und worüber ich mich mal wieder geärgert habe. Er hörte zu und fragte auch interessiert nach.

Erstes Date

Am folgenden Wochenende war es soweit, wir hatten eine Verabredung. Schön, an der Alster in einem netten Lokal. Natürlich kam ich zu spät. Wenn er auf mich wartete, war es ihm wichtig sich mit mir zu treffen. Viertel nach 4 statt Punkt 4 war ich dort. Ich ging die Außenalster entlang zum Lokal. Er stand vor dem Eingang in Jeans, weißen Turnschuhen und einem weißen T-Shirt. Er trat mit kleinen Seitwärtsschritten von einer Seite auf die andere und schaute sich ständig um. Ich trug, hohe Pumps und ein lachsfarbenes Leinenkleid. Es war ein sehr heißer Tag und die Sonne brannte vom Himmel. Meine offenen langen Haare wehten im leichten Föhnwind und umspielten leicht meine Schultern beim Gehen. Ein paar Meter vor ihm, nahm ich ganz lässig meine große schwarze Sonnenbrille ab und fragte:" Na, wartest du schon lange?" Er begrüßte mich mit seinen schönen Augen und einem hinreißenden Lächeln. Wir setzten uns an der Alster ins Café und er versuchte seine Tattoos an den Armen zu verstecken. Diese hatte ich aber schon am ersten Abend gesehen und er erzählte mir wie diese entstanden waren. Es waren keine typischen Tattoos, sie waren geschwungene Schriftzüge und einem Jesuskopf an der Schulter.
Er erzählte mir, dass er aus Dortmund kommt und für einige Jahre in England gelebt hatte, bei seinem Großvater.

Als er so schrecklich Heimweh in England bekam, ließ er sich diese Tattoos stechen, um immer an seine Fehler in der Vergangenheit erinnert zu werden, damit diese nicht nochmal passieren. Eines Tages, sah er von seinem Fenster in England aus, auf den Ozean. Ein Containerschiff von HAMBURG SÜD fuhr vorbei und somit war sein neues Ziel entschieden. Seine Beziehung in Dortmund zu seiner Ex würde sich nicht mehr flicken lassen und in England war ihm die Kriminalität zu hoch. Drei seiner Tanten in England wurden schon überfallen oder vergewaltigt, eine seiner Tante sogar mehrfach. Er fuhr zunächst zurück nach Dortmund, nahm noch ein paar weitere Sachen mit, verabschiedete sich von seinem besten Freund und fuhr mit dem Zug nach Hamburg. In Hamburg angekommen, suchte er sich ein Hotelzimmer. Ein Hostel war sein Domizil. Er wusste nicht wo er hin wollte und was er in Hamburg arbeiten sollte, aber er war erstmal in Hamburg. Viele Male als Jugendlicher ist er von Dortmund für ein paar Tage nach Hamburg gefahren, um mit Freunden zu feiern. Er musste sich eine Arbeit suchen. Er ging die Reeperbahn auf und ab, um zu überlegen was er machen könnte. An einem Lokal blieb er stehen. Im Fenster hing ein Schild „Aushilfe gesucht". Er ging in das Lokal und blieb im Laden stehen. Dieses mysteriöse und verruchte Ambiente erschreckte und faszinierte ihn zugleich. Ein Mann kam auf Ihn zu und fragte mit südländischem Akzent was er für ihn tun könne. Jason fragte ihn, ob er Arbeit hätte, wie draußen am Schild steht. Der Mann bat Jason an einen Tisch und sie besprachen alle Einzelheiten. Jason sollte gleich am nächsten Tag anfangen mit einem Kollegen vor der Tür zu arbeiten. Er sollte sich die Woche über anschauen, ob Nachtschicht und Leute ansprechen etwas für ihn ist. Nach wenigen Wochen war Jason so gut im kobern von Passanten, dass er bekannt wurde auf dem Kiez. Man kannte sich und grüßte sich auch mit den Kiezgrößen. Eigentlich war er schon ein paar Monate in Hamburg gewesen, aber kannte überwiegend St. Pauli. Nachdem wir schon drei Kaffee und zwei Kaltgetränke zu uns genommen hatten, fuhr ein Doppeldecker-Bus für Stadtrundfahrten an uns vorbei. Die Sonne brannte uns auf das Haupt und die Luft stand flimmernd der Stadt. Die Abgase der Fahrzeuge taten noch ihr Übriges an Wärme. Von der Alster wehte kaum Wind und dann noch so warm wie ein Föhn. Ich fragte ihn „Hast du schon eine Stadtrundfahrt gemacht?" Nein, antwortete er und ging mit mir los zur nächsten Abfahrtshaltestelle am Hauptbahnhof. Wir stiegen in den Bus und setzen uns oben auf das Sonnendeck und ich zeigte ihm meine so schöne Stadt. Nach unserer Stadtrundfahrt und insgesamt vergangenen 4 Stunden verabschiedete ich mich und wir verabredeten und auf ein weiteres Date. Er war schon völlig aus dem Häuschen mich schon bald wieder zu sehen. Ich riss mich zusammen ganz lässig zu bleiben. Jeden Abend, wenn ich Feierabend hatte rief er mich an und erkundigte sich wie mein Tag war und was ich so erlebt habe bei der Arbeit, so war die Zeit bis zur nächsten Verabredung nicht mehr ganz so lang.

Zweites Date

Beim zweiten Date verabredeten wir uns am Hafen am Beach Club.... Diesmal war ich ein wenig aufgeregt. Wir setzten uns in den Lounge Bereich mit Blick auf Blohm & Voss. Er erzählte mir wie seine letzte Beziehung verlaufen war. Seine Beziehung ging 7 Jahre lang und es war eine sehr emotionale Beziehung. Sie sind sehr jung zusammengekommen und zogen nach ein paar Jahren zusammen. Als Jason seinen Job verlor, war er bei Ihrer Familie nicht mehr erwünscht und durfte erst wieder am Familienleben teilnehmen, als er wieder einen Job hatte. Dennoch verbrachte sie oft zu Weihnachten oder anderen Feierlichkeiten die Zeit mit Ihrer Familie, während er allein zuhause war. Der Blick in seinen Augen sagte mir eigentlich alles.

Dann begannen die Streitereien und es flogen bald täglich die Fetzen. Dann warf sie ihn raus, nachdem sie die ganzen gemeinsam gekauften Möbel in kleine Einzelteile verwandelt hatte. Er meinte: „Im Nachherein weiß er gar nicht, wie sie es so lange mit ihm ausgehalten hat." Eigentlich wünschte er sich irgendwo ein Gefühl von Zugehörigkeit und wiederum sah ich diese Freiheitsliebe in seinen Augen, während er auf das große

Kreuzfahrtschiff im Dock sah. Er beugte sich zu mir rüber und nahm einen tiefen Atemzug, nähe meines Halses und flüsterte mir zu: „Du riechst gut." Dann stand er auf und brachte die leeren Bierflaschen zum Tresen zurück und kam mit seinem Poser-Gang wieder auf mich zu. Ich konnte mir nicht verkneifen ihm zu sagen, dass er schon ein wenig rumläuft die ein Gockel und mir sowas überhaupt nicht imponiert. Gedacht habe ich aber, dass mich schon beeindruckt, wenn er nur mal an mir riecht und mehr nicht. Wir gingen noch ein wenig spazieren und er erzählte mir, dass er nach der Beziehung mit seiner Ex, nach England ging. Er lebte eine Weile bei seinem Großvater und der neuen Frau. Ein wenig später, zog er mit einem Freund in eine WG und bekam auch gleich einen Job in einem kleinen Fahrradgeschäft. Sein Großvater erzählte ihm viel von Damals, als dieser noch in Deutschland lebte. Jason genoss die Zeit mit seinem Großvater und auch das Leben in England. Dennoch störte ihn die hohe Kriminalität in der Gegend, in der er wohnte und auch die mehrfachen Überfälle und Vergewaltigungen seiner Tanten und Cousins, gepaart mit seiner Rastlosigkeit und immer das Gefühl zu haben, wieder aufbrechen zu müssen, weil man doch nicht so richtig dazugehörte, ließ ihn weiterziehen. Er ging in die Schweiz und lebte dort bei seinem Schwager und Schwester. Das Leben dort ist, ist sehr konservativ und teilweise Wochenlange Nebel in den Tälern machte ihn depressiv,

meinte er. Er zog dann weiter zu seinem besten
Freund in Dortmund. Sein Freund hatte eine
Menge Probleme, Drogen, riesen Schulden,
mehrere gescheiterte Suizide. Da konnte und
wollte auch nicht bleiben und er ging nach
Hamburg. Seit seinem Aufenthalt in Hamburg,
nahm ihn das nächtliche Arbeiten auf dem Kiez
so ein und zerrte auch an seinen Nerven, das
nur eine Affäre mit einer Frau sich ergeben
hatten, aber nichts Ernstes. Er wollte eigentlich
so gern ein „normales Leben" führen und
irgendwann dem Kiez auch den Rücken
kehren. Er nahm mich an der Brücke 10 in den
Arm und sagte mir, dass er froh sei jetzt mich
getroffen zu haben. Ich sah ihn tief in die Augen
und sagte ihm: „Das wird schon." Es wurde
schon bald Abend und ich musste nach Hause.
Er brachte mich zur Bahn an den
Landungsbrücken und wartete bis die Bahn
kam. Wir konnten uns nur schwer trennen und
als ich in die Bahn stieg warf er mir noch Küsse
nach bis er in der Ferne nicht mehr zu
erkennen war….

Der nächste Tag war schönes, warmes Sommerwetter. Jason und ich trafen uns am Bahnhof und gingen zusammen in den Stadtpark. Viele Menschen waren unterwegs, um das Sommerwetter zu genießen. Familien mit Kindern, Paare und Cliquen, einzelne Leute, Fahrradfahrer, Jogger, Kanufahrer, Thai-Chi-, Federball-Spieler, Fußballspieler, Freibadgeher und Spaziergänger, so wie wir. So viele verschiedene Menschen und ich hatte nur Augen für ihn. Wir gingen in Richtung Freibad und suchten uns einen schönen Platz auf einer Bank am Stadtparksee. Jason hatte eine besondere Ausstrahlung, wir blieben nicht lange alleine und eine alte Dame setzte sich zu uns auf die andere Seite der Bank. Nach kurzer Zeit, sprach sie Jason an und wir hielten Small-Talk mit der Dame. Jason hatte eine so herzliche und offene Art, die einfach viele Menschen einfing, so wie die alte Dame. Er war höflich und zuvorkommend. Fast wie der Junge von Nebenan. Eigentlich nicht verwunderlich, denn er ist ja in einem Dorf bei Dortmund geboren. Ich glaube sie war ganz entzückt von Jason, das konnte ich zu gut verstehen, ich war es auch! Wir gingen um den Stadtparksee spazieren und beobachteten die vielen Menschen beim Baden im See, wie sie hineinsprangen und tobten von alt bis jung. Um den Stadtparksee herumgelaufen, musste ich mit Jason erst einmal zum nächsten Schuhgeschäft und schnell bequemere Schuhe kaufen. Meine Sandalen drückten so stark in meinen großen Zeh, dass ich mir Blasen gelaufen hatte. Im Schuhgeschäft angekommen, brachte er mir jeden Schuh, der mir gefiel, damit ich nicht unnötig noch weitere Schritte gehen musste. Einfache Flip-Flops, die sahen trendy und bequem aus. Nach 3 Paar Schuhen anprobieren, war die Entscheidung schnell getroffen. Schnell noch bezahlen und wieder zurück zum Stadtpark. Auf halber Strecke, setzen wir uns auf eine kleine Mauer, die den Vorgarten eines Mehrfamilienhauses abgrenzte. Wir nahmen eine Pause ein, um unseren Durst mit zuvor gekauften Getränken zu löschen. Wir redeten beide die ganze Zeit über Dies und Das. Dann fragte er mich, ob es in Ordnung sei, wenn er mich jetzt küssen würde. Das hatte ich nicht erwartet, ich dachte so etwas gibt es gar nicht mehr, dass die Männer noch fragen. Die meisten, baggern einen so plump von der Seite an, sodass man darauf gar keine Lust hätte oder sie verhalten sich so idiotisch, dass Frau darauf gar kein Bock hat. Wir küssten uns innig und seine Lippen fühlten sich weich an und schmeckten nach Limonade. Meine Knie wurden tatsächlich weich. Das Gefühl so intensiv, kannte ich zuletzt mit 16 Jahren, als ich das erste Mal so richtig verliebt war. Er sah mich an und sagte: „Das war nicht schlecht, beim Küssen passen wir schon mal zusammen." Das fand ich auch, entweder der Partner passt nach dem ersten oder zweiten Kuss zu einem selbst oder nie. Wir knutschen auf dieser Mauer wie zwei

Teenager noch weiter und nach einer halben Stunde, machten wir uns auf dem restlichen kurzen Weg zum Stadtpark. Am Stadtpark-Biergarten setzten wir uns und bestellten etwas zu essen und zu trinken. Denn knutschen verbrennt bekanntlich Kalorien und macht hungrig. Mit Kartoffelsalat, Würsten und Bier, verbrachten im den restlichen Tag im Stadtpark zusammen und redeten über alles Mögliche. Uns fehlte es überhaupt nicht an Themen. Auch sprachen wir auch über das Thema Sex. Wie viele Partner er schon hatte und es waren wohl nicht Wenige. So richtig wollte er nicht mit der Zahl an Frauen herausrücken, aber in den kurzen Zeiten, wenn er von seiner Ex mal wieder getrennt war und bevor er nach England ging, ließ er wohl kaum eine Gelegenheit aus. Ich sagte ihm ganz deutlich, dass ich es wichtig finde gerade in der heutigen Zeit ehrlich damit umzugehen und dass er damit kein Problem haben sollte einen HIV-Test zu machen, ich würde das gleiche tun.

Er hatte damit auch überhaupt kein Problem. Er hatte selbst große Angst davor und es steht ja nun mal nicht bei den Leuten auf der Stirn geschrieben. Er wollte demnächst einen Test machen lassen, damit ich sehe wie ernst er es mit mir meinte. Ich dachte mir nur naja das werden wir dann mal sehen. Als es langsam kühler wurde und die Sonne überm Stadtparksee unterging, machten wir uns auf dem Heimweg. Er brachte mich zur Bushaltestelle und wartete noch auf meinen

Bus und sah mir noch hinterher, bis dieser losfuhr. Am Sonntag sahen wir uns nicht, weil er arbeiten musste, aber wir telefonierten am Abend und auch die folgenden Wochen. Da ich leider erst Feierabend hatte, wenn er zur Arbeit musste, blieb uns nur das Telefonieren. Jeden Tag nach meinem Feierabend telefonierten wir. Nach einiger Zeit, war er sehr deprimiert. Unsere Sehnsucht war groß und wir konnten uns, wenn möglich, nur am Wochenende sehen. Er beschloss, den Job auf der Reeperbahn endlich aufzugeben. Für sich, für mich und für uns. An einem Donnerstag wollte er mit seinem Chef sprechen. Er sagte mir, dass dies keine einfache Sache werden würde. Was das Kobern von Gästen und dem entsprechenden Umsatz betraf, war Jason der Meinung er sei des Chefs „bestes Pferd" im Stall. Ich habe das überhaupt nicht verstanden. Im normalen Leben, kündigt man seinen Job, bestenfalls wenn man bereits einen neuen Vertrag in der Tasche hat. Aber im Rotlicht herrschen andere Regeln. Jason vermutete, dass sein Chef ihn nicht so einfach gehen lassen würde. Seinem Chef würde erstmal etwas Umsatz verloren gehen. Oder er müsste sich freikaufen. Das konnte ich nicht glauben, das waren ja Zustände wie bei der Prostitution bzw. Zuhälterei. Ich habe mich so darüber aufgeregt, dass Jason mich am Telefon beruhigen musste. Leider mussten wir das Telefonat dann beenden, weil für ihn Arbeitsbeginn war.

Drittes Date

Am Freitag frühen Morgen, nach Schichtende,
rief er mich an. Er war sehr müde und kaputt.
Es gab viel Stress mit Gästen. Ein paar Gäste,
hatten die Damen tanzen lassen, Sekt bestellt
und die Damen hatten sich ganz „liebevoll um
sie gekümmert", wollten dann aber nicht
bezahlen. Er wollte mir später mehr erzählen,
sich zunächst schlafen legen und mich nach
der Arbeit abholen. Er hätte eine Überraschung
für mich und er könne es kaum erwarten, mich
wieder zu sehen, fügte er noch hinzu. Die
Stunden bei der Arbeit schienen überhaupt
nicht vorüber gehen zu wollen. Doch dann
konzentrierte ich mich nochmal richtig auf
meine Arbeit und erledigte noch einige
Telefonate. Schon war Feierabend. Vor der
Bushaltestelle in der Nähe meines Büros, stand
er. Gekleidet mit seiner Jeans und einem
weißen Hemd. Er wedelte mit einem Zettel vor
meiner Nase herum und sah mich verschmitzt
an. Er sagte:" Ich habe das Testergebnis vom
HIV-Test. Der hat mich 10,- € mehr gekostet,
damit ich Ihn innerhalb einer Woche erhalte. Es
tut mir soooo leid für uns!" In dem Moment,
spürte ich wie mir ganz anders wurde. Mein
Blutdruck raste nach oben, mir wurde heiß und
kalt. Ich spürte bewusst, dieses
sagenumwobene Gefühl „vom Boden unter den
Füßen wegziehen". Dann wurde ich
kreidebleich im Gesicht, obwohl wir fast 30
Grad Außentemperatur hatten. Mein

Gedanke war sofort, man konnte doch niemanden vom Kiez trauen. Jason sah mich ganz mitleidig an, lachte dann herzhaft und nahm mich in den Arm. Er holte mich wieder zurück mit den Worten: „Alles gut! Aber dein dummes Gesicht wollte ich nicht versäumen." Ich riss ihm den Zettel aus der Hand und klappte ihn auf "negativ" stand dort drauf. Er fügte noch hinzu: „Und damit du mir wirklich glaubst, habe ich darauf bestanden, dass der Arzt mir diese Kopie nochmal im Original unterschreibt." Ich hatte mich noch immer nicht richtig von meinem Schock erholt, da kam auch schon der Bus und wir stiegen ein. Ich musste mich erst einmal setzen damit mein Blutdruck sich wieder regulierte. Er hielt mich die ganz Zeit im Arm und liebkoste mich, dann hatte er noch eine Überraschung auf Lager. Er sagte mir: „ich habe gleich ein Besichtigungstermin für eine Wohnung, ganz in deiner Nähe. Wollen wir dort gleich hinfahren?" Ich fand diese Idee wirklich hervorragend und stimmte zu. Wir fuhren mit dem Bus 4 Station von meiner Wohnung entfernt, weiter und mussten noch ein ganzes Stück gehen. Die Sonne brannte auf dem heißen Asphalt und seine Anwesenheit tat sein Übriges. Mir lief das Wasser nur so runter und ich wusste nicht wie mir geschah. Als wir an der Adresse, die auf seinem Zettel stand ankamen, standen wir vor einer alten Stadtvilla, erbaut Ende der 60er Jahre. Ein alter Mann, mit brauner Kordhose, Hosenträgern und Schiesser-Feinripp-Unterhemd bekleidet, öffnete uns die Tür. In einem mürrischen Ton fragte er: „Sind Sie wegen dem Zimmer hier?" „Ja", stimmte Jason mit seinem Schwiegersohn-Blick und dem bezaubernden Lächeln zu. Der alte Mann führte uns zum Nebeneingang des Hauses und ließ uns in den Vorflur, der im Vergleich zu den Außentemperaturen herrlich kühl war. Dann gingen wir eine schmale Holztreppe hinauf, während der alte Mann mürrisch hinzufügte: „Keinen Besuch auf den Zimmern über Nacht und Zimmerlautstärke nach 22:00 Uhr, verstanden?". Dann öffnete er eines der möblierten Zimmer. Dort stand ein sehr spartanisches Bett, ein sehr alter Ohrensessel aus grünem Nickistoff, ein Tisch und ein Nussholzkleiderschrank. „Fernseher müssen Sie selbst mitbringen. Das Bad und die Küche im Flur werden allgemein genutzt, ein paar Schränke können Sie nutzen und separat abschließen", meinte er mit sparsamer Stimme während er das Zimmer wieder abschloss. Mit einer wischenden Handbewegung, zeigte er uns wortlos, dass wir weiter den Flur entlang gehen sollten, damit wir die Küche und das Bad sehen konnten. „Duschen nach 23:00 Uhr ist nicht gestattet. Also, was sagen Sie?" Wollen Sie nun oder wollen Sie nicht!", fragte der Alte fordernd und sah Jason erwartungsvoll im Flur an. Jason sah mich erwartungsvoll und fragend an. Ohne, dass ich was sagen musste, wusste er was ich meinte. Entschlossen sagte Jason: „Ich werde noch darüber nachdenken. ich rufe

Sie morgen an und werde Ihnen meine Entscheidung mitteilen." Dann führte der alte Mann uns schnell über die Holztreppe in den Vorflur hinaus vor die Tür. Er verabschiedete sich kurz und knapp von uns und schloss die Haustüre. Wir gingen wortlos über den langen Kiesweg vorm Haus zur Wohnstraße zurück. Wir sahen uns an und sagten beide zur gleichen Zeit: „Es muss ja nicht gleich die erstbeste Wohnung sein." Dann lachten wir beide. Die Sonne brannte uns wieder auf unsere Körper und wir mussten noch die lange Straße wieder zurück zum Bus laufen. Jason und mir lief der Schweiß nur so runter und etwas zu trinken hatten wir auch nicht dabei. Auf halber Strecke, blieb ich stehen und öffnete ihm die Knöpfe von seinem Hemd, natürlich nur an den Ärmeln, um sie hochzukrempeln. Obwohl ich gern auch die Knöpfe an seiner Brust geöffnet hätte, aber ich hielt mich zurück. Er sah mich ganz liebevoll währenddessen an. Mir war die Situation ein wenig unangenehm, aber das knistern zwischen uns, war schon sehr reizvoll. Dann drehte ich mich um und wir gingen zügig zur nächsten Bushaltestelle. Er fing an mir zu erzählen wie kalt seine Ex-Freundin gewesen sei. Er nannte sie auch oft Eisprinzessin, weil sie häufig nicht empathisch zu ihm war. Ein Beispiel führte er an, als er seinen Führerschein verlor, musste er ob Sommer oder Winter 30 km mit dem Fahrrad zu seiner Ausbildungsstätte fahren. Sie hatte einen Arbeitsweg von 10 min. mit dem Auto. Doch sie fuhr ihn nur selten zur Arbeit, weil sie ihn immer gern für Dinge, die er falsch machte gestrafte. Es war ihr egal ob es sehr kalt ihm Winter war oder Glatteis lag. Auch den kompletten Haushalt überließ sie ihm. Schließlich musste sie mit dem Kopf arbeiten, als Arzthelferin und er eben nur mit den Händen als Maurer. Wenn sie nach der Arbeit nach Hause kam, setzte sie sich manchmal in die Badewanne, während er die gemeinsame Wohnung aufräumte und den Boden wischte. Dann kamen wir an der Bushaltestelle an. Der Bus stand schon dort, aber der Fahrer hatte noch pausiert. Trotzdem ließ er uns schon einsteigen. Wir setzen uns in den Bus, direkt am Hintereingang, beide links und rechts am Gang. Die heiße Luft stand im Bus und Jason lief der Schweiß über die Stirn am Hals hinunter Richtung Kragen. Das Flimmern der Luft lag an den warmen Temperaturen aber das Knistern zwischen uns, tat sein Übriges. Ich sah ihn an, beugte mich zu ihm rüber, nahm ein Schweißtropfen mit meinem Zeigefinger auf, bevor er in Richtung Brust laufen wollte. Ich sah Jason lasziv an und leckte meinen Zeigefinger langsam ab. „Hm…schmeckt gut und macht Lust auf mehr…" säuselte ich ihm zu. Und wir sahen uns tief in die Augen. Dann fuhr der Bus mit geöffneter Dachluke los, die uns durch den Fahrtwind die ersehnte kühle Frischluft brachte. Ich sah die Gänsehaut auf seiner Brust, die aus seinem weißen Hemd hervorschaute. Und es sah gut aus, was ich da sah. Ein paar

Busstationen später stiegen wir aus. Bei mir Zuhause angekommen, setzen wir uns in meine Küche und wir redeten über Dies und Das. Er wurde immer offener zu mir und erzählte mir von seiner Familie....

Seine Mutter wurde von einem Mann schwanger, den sie kaum kannte und der sie mit Alkohol gefügig gemacht hatte. Sie war erst 16. Bis zum Ende der Schwangerschaft verheimlichte seine Mutter, vor ihrer Mutter und ihrem Stiefvater, dass sie schwanger war. Bis eines Tages ein dröhnendes Geschrei aus dem Bad erklang und Jason das Licht der Welt erblickte. Aber nicht so, wie man es sich vorstellte. Es war auf der Toilette. Als ihr Stiefvater, das Geschrei hörte, trat er die Badezimmertür ein und konnte gerade noch Jason vor der Kanalisation retten und hielt seinen Enkel im Arm. Seine Großeltern zwangen mit immerwährenden Schlägen, seine Mutter wieder zur Arbeit zu gehen. Sie musste in einem Pflegeheim, das zur Familie gehörte, arbeiten. Während der Arbeit, lag Jason mit Medikamenten ruhiggestellt in seinem Kinderwagen. Als der größer wurde, fuhr Jason mit 4 Jahren auf seinem Dreirad die, Linoleumflure auf und ab. Seine Mutter, lief die Flure hin und her und kümmerte sich um die Patienten. Er wurde schon früh mit dem Tod und schwerkranken Menschen konfrontiert.

Eines Tages, sah Jason in ein Zimmer, dessen Tür geöffnet war. Dort lag ein Mann regungslos in seinem Bett, er war tot. Seine Mutter machte sich stetig auf die Suche nach einem Mann und einem Vater für Jason. Männer gingen in der Wohnung ein und aus. Der Eine schlug sie grün und blau, ein anderer trank bis zur Besinnungslosigkeit. Bis seine Mutter wieder von einem Mann schwanger wurde und seine Schwester geboren wurde. Seine Mutter bekam keine Unterstützung von ihrer Mutter und dem Stiefvater. Später floh sie in ein Abbruchhaus und lebte mit den beiden kleinen Kindern, einen Winter dort lang. Ohne Strom und fließend Wasser. Jason kann sich noch an eines der ersten Erlebnisse erinnern, als seine Mutter im Winter Schnee von draußen holte und diesen auf einem kleinen Gaskocher erwärmte, damit sie etwas zu trinken hatten. Seine Schwester war noch ein Säugling. Ein anderes Mal, rettete er seine Mutter und seine kleine Schwester aus dem brennenden Haus, als der Heizlüfter Feuer fing. Seine Schwester wäre fast dabei umgekommen. Als kleiner Junge lag, Jason oft Nächtelang wach. Er wartete auf die Mutter, weil sie wieder mal auf der Suche nach einem Mann war. Oft stand Jason die ganze Nacht am Fenster und wartete auf ein Auto, das vor der Tür hielt, in der Hoffnung, seine Mutter würde nach Hause kommen. Doch oft kam sie erst nach Hause, wenn der Morgen schon angebrochen war. Sie zogen sehr oft um. Meist in die Wohnungen, der Männer, die seine

Mutter kennengelernt hatte und Jason
wechselte häufig die Schule. An einer Schule
fühlte er sich auch ganz wohl, doch dann lernte
seine Mutter einen neuen Mann kennen und sie
zogen zu ihm. Jason hatte Angst vor diesem
Mann und er flehte seine Mutter an, nicht zu
diesem Mann zu ziehen doch es half nichts.
Auch dieser Mann schlug sie mehrmals, zog sie
an den Haaren über den Flur. Oft weinte Jason
und versuchte als kleiner Junge seine Mutter zu
beschützen. Doch es musste erst ein Exfreund
die Haustür eintreten und dem Ganzen ein
Ende bereiten. Als er sieben Jahre alt war, fand
er seine Mutter im Schlafzimmer mit einer
Überdosis Tabletten, bewusstlos. Er rannte ein
Stockwerk tiefer zur Nachbarin, um Hilfe zu
holen. Es wäre fast zu spät gewesen. Die
Tablettenabhängigkeit seiner Mutter hielt noch
viele Jahre an, sie bediente sich immer im
Pflegeheim in dem sie arbeitete, am
Arzneischrank und nahm auch Morphium. Mit
14 Jahren erfuhr er zufällig, dass der Vater
seiner Schwester nicht sein Vater war. Er
wunderte sich immer, warum seine Schwester
zum Geburtstag eine Geburtstagskarte und ein
Geschenk per Post bekam. Jason hatte doch
nur ein paar Tage später Geburtstag und er
bekam Nichts. Da sagte ihm seine Mutter, dass
sie seinen Vater kaum kennt und er ein fast
fremder Mann für sie sei. Mir lief stetig ein
Schauer über den Rücken und ich hielt es nicht
mehr aus, ich brach in Tränen aus. Meine
Gefühle mischten sich mit Mitleid und Scham.

Ich schämte mich nicht für ihn. Nein, ich schämte mich dafür, dass ich all die Jahre auch meine Kindheit und Jugend sehr kritisch reflektiert hatte und in manchen Dingen keine gute Note vergab. Mir ging, dass was Jason mir erzählte, sehr unter die Haut. Ich stand auf und nahm mir eine Flasche Wodka aus meinem Eisfach. Ich goss uns beiden ein Glas ein, mein Glas stürzte ich sofort hinunter und schenkte mir gleich ein weiteres Glas ein. Dieses Glas stürzte ich ebenfalls runter, während mir die Tränen unaufhörlich vermischt mit der Schminke an meinen Wangen hinunterliefen. Jason sah mich völlig entsetzt an und konnte nicht fassen, dass ich so reagierte. Er sagte mir nur: „Ich möchte doch nur, dass Du alles von mir weißt. Damit du weißt, wer ich bin." Ich erhob mich, von meinem Barhocker und nahm ihm in die Arm. Ich entschuldigte mich tausend Mal bei ihm, für meine Betroffenheit, die ihn so hilflos machte. Er nahm mich in seinen Arm und küsste mir die Stirn. Dann sahen wir uns tief in die Augen und er küsste meine Tränen von den Lippen. Seine Zunge glitt in meinen Mund und seine Hand unter mein T-Shirt. Er küsste mich ganz sanft am Hals und am Dekolleté. Er schob mein Shirt hoch und küsste mich zwischen meinen Brüsten und am Bauch hinunter. Er legte seine Hände links und rechts an meine Hüfte und schob mich vorwärts, während er rückwärts Richtung meinem Schlafzimmer ging. Durch die Schlafzimmertür durch, drückte ich ihn mit meinen Händen auf seiner Brust gegen die Zimmerwand. Er schob mir mein Oberteil, am Körper nach oben, über die Arme, Schulter und Kopf hinweg, aus. Dann öffnete er meinen Gürtel an der Jeans. Ich schob meine Hände unter sein T-Shirt und es fühlte sich so gut an, seine weiche Haut und die gut aber dezent verteilten Haare auf seiner Brust. Er zog sanft meine Jeans an meinen Oberschenkeln hinunter bis zu meinen Füßen. Ich öffnete ihm den Gürtel von seiner Jeans und zog ebenfalls diese hinunter und berührte dabei seinen unglaublich festen Hintern. Das viele Stehen vor dem Laden brachte ihm einen wohl geformten Po und muskelöse Beine. Und auch das was ich dann zwischen seinen Beinen fühlte, versprach etwas Größeres zu werden. Er zog meinen Tanga aus und öffnete mir den BH. Seine warmen Hände umschlossen meine Brüste sanft. Dann schmiss er mich auf das Bett, ich erschrak und war amüsiert zugleich. Er krabbelt mit seinen Händen und seinen Lippen von den Beinen, zu den Innenoberschenkeln zum Bauch weiter übers Dekolleté an den Hals und auf meine Lippen. Ich wollte ihn und er wollte mich. Seine muskulöse Brust, legte er auf meiner ab. Ich spürte seine Beckenknochen an meinem Becken und wie er es gegen mich drückte. Dann drang sanft in mich ein. Es war ein Gefühl, vergleichbar als würde man am Strandufer liegen und eine Welle überschwemmt plötzlich von den Zehenspitzen über die Beine zum Oberkörper. Mir lieb gefühlt die Luft kurz weg. Sein Becken schob sich dichter zwischen meine Schenkel zum Venushügel und presste sich weiter an meinen Unterleib. Dann wurden seine Bewegungen schneller und er schob sanft, aber mit mehr Druck seinen Unterleib gegen meinen. Immer schneller und schneller, tief mit Druck und langsamen Bewegungen seines Becken nach hinten. Unsere Atmung wurde schneller und tiefer bis wir uns nicht mehr zurückhalten konnten zu stöhnen. Mir wurde ganz warm und sein Schweiß tropfte auf mein Dekolleté. Ich packte seine Oberarme und bohrte meine Fingernägel in seine Haut. Er verzog kurz sein Gesicht, doch dann stieß er tiefer in mich rein. Meine Muskulatur am gesamten Körper, wurde fester. Ich schob mein Becken weiter nach vorn. Es war ein Gefühl von Achterbahnfahren. Nun wurde ich mit dem Waggon nach oben gezogen. Die Atmung von uns beiden wurde schneller und plötzlich mit einem Schwung fuhren wir in rasender Geschwindigkeit abwärts Richtung Höhepunkt. Unten angekommen und gekommen, wartete eine Wassertusche und Feuerwerk zugleich.

Wir hatten unglaublichen Sex und wir waren beide sehr überrascht, dass es so gut war, für das erste Mal zusammen. Wir lagen im Bett und sahen uns noch lange an. Es war für mich fast so ein Gefühl, als hätte man das erste Mal als Kind Schlafbesuch von einer Freundin. Man kann einfach nicht schlafen, weil man zu aufgeregt ist und man sich noch so viel erzählen möchte. Wir redeten noch eine Weile über die Pläne, die er nun hatte. Er hatte beschlossen, dem Rotlicht den Rücken zu kehren und wollte am besten gleich morgen damit anfangen. Als ich an seinen Brusthaaren die ganze Zeit herumspielte, sah er mich an und sagte mir: „Du bist eigentlich eine sehr starke Frau, aber irgendwie in dir noch ein kleines Wesen, das beschützt werden möchte." Ich spielte seine Aussage hinunter, mit Unsinn und das es vielleicht jetzt gerade nur so einen Eindruck macht. Aber er hatte schon Recht, ja ich wollte auch nicht immer die Starke sein. Ich muss in Alltagssituation oft genug „stark" sein. Ich schlief nach kurzer Zeit ein und Jason blieb wohl noch lange auf dem Rücken liegen, obwohl er selbst nicht so einschlafen konnte. Er sah mir beim Schlafen zu und streichelte mir über meinen Kopf. Irgendwann drehte ich mich auf die andere Seite und wir schliefen beide ein.

Am Samstagmorgen bereitete ich das Frühstück für uns vor. Er schlief noch tief und fest, als ich um 11:00 Uhr ins Zimmer sah. Natürlich, er war es gewohnt tagsüber zu schlafen und nachts zu arbeiten. Durch den Lärm von der Reeperbahn, der sich durch den Innenhof in den 4.Stock seiner Wohnung dröhnte, war es nicht möglich zu schlafen. Gegen Mittag wachte er endlich auf und ich hatte schon meinen Haushalt erledigt. Selbst vom Betätigen des Staubsaugers, hatte er kaum zur Notiz genommen. Ich fragte ihn, ob er gern und lange schläft oder ob es daran liegt, dass er nachts arbeitete. Er erzählte mir, dass er schon früh sich angeeignet hatte nachts wach zu sein und am Tage zu schlafen. wenn seine Mutter phasenweise Nächte lang wegblieb und er wartete bis sie nach Hause kam. Er sah dann bis tief in die Nacht fernsehen und konnte wiederum nicht mehr aufstehen, um zur Schule zu gehen. Seine Mutter und seine Schwester versuchten alles, um ihn zur Schule zu bewegen. Bis zum Eimer Wasser, es half nichts. Manchmal täuschte er vor, zur Schule zu gehen und ging dann zu einem Freund. Er und sein Freund schliefen, sahen Fernsehen oder dröhnten sich mit Drogen zu, um den Tag bis Schulschluss herum zu bekommen. Für mich war das eine ganz andere Jugend, wie ich sie erlebt habe. Ich war immer zur Schule gegangen, machte natürlich Hausaufgaben und lernte für Arbeiten, die anstanden. Mir wäre es nicht in den Sinn gekommen monatelang nicht zur Schule zu gehen. Schließlich waren meine Freunde ja auch in der Schule und es war auch viel interessanter, als den ganzen Tag herumzuhängen. In den Sommermonaten ging er statt zu Schule, lieber auf den Rummel, wenn er mal wieder in seinem Dorf eingekehrt war. Ein älterer Freund von ihm, nahm ihn öfter mit und sie arbeiteten dort als Aushilfen an den Süßwaren- und Imbiss-Ständen. Er ging lieber Geld zu verdienen, auch wenn es nie viel war, aber Zuhause war nie genug davon vorhanden. Mit den Schaustellern zog er wenige Jahre später, von Stadt zu Stadt. Sein Zuhause war ein Wohnwagen und seine Familie waren die Leute vom Rummel. Doch dann rutschte er in eine Gang und er meinte er müsse sich die Anerkennung seines Freundes mit Prügeleien erkämpfen. Bis zum späten Nachmittag erzählte er mir von seiner Jugend. Einmal wurde er von einer Gruppe Jugendlicher, für ein paar D-Mark, mit dem Baseball-Schläger krankenhausreif geschlagen. Den ersten und zweiten Angreifer konnte er noch mit gezielten Griffen vom erlernten Kampfsport abwehren. Als 5 Typen auf einmal auf Ihn zukamen, hatte er keine Chance. Er wachte im Krankenhaus mit einem Schädelbasisbruch, gebrochenen Rippen und angebrochenem Unterkiefer wieder auf. Die Gefahr, die vom Kiez ausging, war ebenso hoch, ernsthaft verletzt zu werden. Viele seiner Bekannten auf dem Kiez hatten Schussverletzungen, Stichwunden und etliche

Blessuren. Er erzählte es mit einem gewissen Stolz, dass ihm auf dem Kiez noch nicht so etwas passiert war. Er hatte auch ein gewisses Auftreten, das so manches „halbe Hemd" lieber weiter gehen ließ, als sich mit ihm körperlich auseinanderzusetzen. Aber nur so konnte er sich meist vor Schlägereien schützen. Er sagte: „Angst, darfst du dort niemals haben oder zeigen, Respekt haben ist ok. Es kam oft vor, dass er für immer die gleichen Obdachlosen einen Krankenwagen rufen musste. Weil sie mal wieder völlig regungslos in irgendwelchen Ecken lagen. Meist traf er genau diese Personen, ein paar Tage wieder. An der gleichen Stelle auf der Straße und wieder im Vollrausch.

Am frühen Nachmittag, machten wir uns auf den Weg zum „Schlagermove". Er mochte Schlagermusik, weil ihn das immer an die schöne Schützenfestzeit Zuhause erinnerte. Wir fuhren mit der Bahn bis zur Feldstraße und gingen von dort aus über Heiligengeistfeld. Wir kauften uns ein paar bunte Hawaiiketten, die wir uns um den Hals hängten. Fertig war unser Outfit. Der Umzug startet mit den vielen bunt geschmückten LKWs aus deren Musikboxen alte Schlagermusik und Stimmungsmacher dröhnten. Wir liefen hinter einem der Wagen her, der Udo Jürgens mit „griechischer Wein" spielte. Eigentlich wollten wir uns noch mit Freunden von mir Treffen, aber es war kaum möglich Handyempfang zu bekommen, noch in der Masse von Menschen jemanden zu finden. Nach einigen Versuchen meine Freunde telefonisch zu erreichen, fanden wir sie zufällig. Einen meiner Freunde kannte ich bereits aus meiner Schulzeit, doch wir konnten uns früher nicht besonders leiden. Jetzt mochten wir uns und jeder akzeptierte die Eigenarten des Anderen. Meine Freunde begrüßten mich herzlich und auch mit Jason kamen sie sofort in Gespräch. Selbst ein paar Leute, die ich selbst nicht kannte, nahmen Jason offen auf und begegneten ihm sehr freundschaftlich. Er hatte eben eine Art, die bei Männern und Frauen gleichermaßen gut ankam. Wir zogen gemeinsam von den Landungsbrücken, über Hafenstraße in Richtung Reeperbahn.

Wir lachten, tanzten und hatten sehr viel Spaß zusammen. Am Anfang der Reeperbahn angekommen, machten wir halt, ließen den Schlagerumzug mit dem riesigen Rattenschwanz von feierwütigen, ausgelassenen Menschen weiterziehen und holten am nächstgelegenen Supermarkt noch weitere Getränke für die Party. Jason und ich blieben vor der Tür stehen. Uns war nicht so sehr nach Alkohol. Jason hielt allgemein nicht so sehr viel davon, Unmengen zu trinken, aufgrund seiner Geschichte. Wir beide waren so voller Endorphine. Das dies schon aufputschend genug für uns war. Wie Teenager hingen wir aneinander. Als meine Freunde aus dem Supermarkt kamen, schlossen wir uns wieder dem verblümten Partyvolk an. Jason und ich gingen ein paar Schritte vorweg und er sah rüber zum Striplokal, wo er noch vor wenigen Tagen gearbeitet hatte. Ein paar Stripperinnen und einige Kollegen standen auf einem Balkon und man konnte sehen, dass sie fröhlich mit Alkohol mitfeierten. Er konnte mir genau erklären, welche Personen dort standen und zu jedem einen markanten Charakterzug. Er sah schon ein wenig wehmütig dort hin. Eingehakt an seinem Arm, lächelte ihn an und sagte ihm: „Aber jetzt brechen neue Zeiten an." Er erwiderte: „Genau und darauf freue ich mich schon mit dir."

Am Anfang der nächsten Woche machte er sich an die Tageszeitungen und setzte sich ans Internet, studierte Anzeigen und telefonierte verschiedene Firmen ab. Trotz seiner geringen Qualifikation und nur der vorhandenen Ausbildung im Handwerk, war es für ihn kein Problem einen Job zu finden. Am Folgetag konnte er gleich ein Probetag in einer Firma im Hafen beginnen. Die Arbeit war hart, aber er hinterließ einen guten Eindruck beim Chef. Er durfte gleich am Folgetag, seine Arbeit beginnen. Die Arbeitszeiten waren wieder in Schichtdienst, vorwiegend Spätschicht. An manchen Tagen schlich er sich leise in meine Wohnung und legte sich ruhig neben mir ins Bett. Manchmal konnte ich aber nicht einschlafen, wenn er nach 23:00 Uhr, noch immer nicht zuhause war. Dann stand ich auf, sobald ich den Schlüssel in der Tür hörte. Er roch sehr schmutzig, nach Eisen und Metallabrieb. Das war dann nicht mein „Muc", wie ich ihn nannte. Nachdem er sich geduscht hatte, kuschelten wir uns eng zusammen, dann konnte ich auch endlich einschlafen. Nach ein paar Tagen, fingen seine Schlafstörungen an. Er war es ja gewöhnt, am Tage zu schlafen und nachts wach zu sein. Obwohl er manches Mal so erschöpft und müde von der Arbeit war, konnte er nicht schlafen. Seine Arme fingen durch die ungewohnten Anstrengungen nachts an zu kribbeln und er schreckte in der Nacht oft hoch. Sehr zum Schlafentzug meinerseits. Ich bekam immer weniger Schlaf und musste trotzdem wieder voll konzentriert im Büro sein. Wir stritten uns, weil wir unausgeschlafen waren. Ich sagte ihm, tausendmale, er solle zum Arzt gehen, doch er ging nicht und es wurde nicht besser. Er blieb dann manches Mal wach bis morgens früh, damit ich schlafen konnte. Aber er selbst musste noch vor mir das Haus verlassen und wieder 12 Stunden-Schicht arbeiten. Es konnte so nicht weitergehen, denn seine Gesundheit und unsere Beziehung litt unter dieser Belastung. Wir beide trafen an einem Freitagabend die Entscheidung, dass er diesen Job nicht mehr ausübte. Er entschied, dass er erst einmal kurzfristig wieder zurück zum Kiez zurück ging, um Geld wieder zu bekommen. Zum Amt wollte er auf keinen Fall gehen und auf dem Kiez konnte er wieder schnell zu Geld kommen. Seine Miete war auch wieder fällig geworden. Diese Entscheidung fiel ihm nicht leicht, er wusste, dass ich eigentlich davon überhaupt nicht begeistert war. Aber es war die schnellste Lösung.

Weinfest

Bevor er wieder nachts im Rotlicht arbeiten musste, beschlossen wir das letzte Wochenende, etwas zusammen zu unternehmen. Ich wollte mich mit ihm zeigen und der Welt da draußen zeigen wie glücklich ich mit ihm war. Wir beschlossen, spontan zum Weinfest in Hamburg zu gehen. Ich mochte Wein aus verschiedenen Regionen gern, nur trocken oder halbtrocken musste er sein. Ich war ehrlich gesagt sehr gespannt, wie sich Jason machen würde, denn es war das erste Mal, dass er in meinem Beisein sich der „normalen Gesellschaft" stellen musste. Vor Allem der älteren Gesellschaft. Wir zogen uns etwas Nettes an, schnappten uns noch leichte Pullover dazu und machten uns auf dem Weg in die Stadt. Leider fuhr uns gerade der Bus vor der Nase weg. Ich kommentierte dies nur mit:" Na toll, 10 min. warten." Aber Jason reagierte nur mit einem Winken zu einem vorbeifahrenden Taxi. „Ich war empört, er könne doch nicht einfach ein Taxi rufen. Das sei Geldverschwendung und völlig Unnütz. Doch Jason ließ sich nicht abbringen, er nahm mich an die Hand und zog mich Richtung Fahrbahn, um zum Taxi zu kommen, welches gerade mitten auf der Hauptstraße für uns wendete. Jason hatte eine gewisse Art, die er ausstrahlte. Wenn er wollte, dass die Welt für ihn einen Moment anhielt, dann tat sie das auch. Souverän, erteilte er dem Taxifahrer, nachdem wir eingestiegen waren, dass er uns zum Rathaus bringen möchte. Es dauerte mit dem Taxi nur eine viertel Stunde und wir konnten wieder aussteigen. Dann wurde er plötzlich ein wenig zurückhaltender und es kam der Dorfjunge in ihm durch. Es waren sehr viele Menschen dort, die sich an den verschiedenen Ständen vergnügten oder einfach nur über den Rathausplatz schlenderten. Jetzt nahm ich ihn an die Hand und zog ihn mitten ins Getümmel. Ich dachte mir, er war ja Menschenmassen jedes Wochenende durch seinen Job gewöhnt, dann wird er dieses Gedränge wohl auch gut verkraften. An einem der Stände angekommen, suchten wir einen Tisch aus, der etwas Abseits war, von dem man aus, das ganze Geschehen noch gut beobachten konnte. Wir tranken guten Wein und redeten bis zum späten Abend. Jason hatte wieder diese Art auch mit Menschen von den Nachbartischen ins Gespräch zu kommen und auch die Bedienungen hatten einen großen Spaß. Selbst Leute, die neu dazukamen setzen sich lieber in unsere Nähe oder sogar mit an unseren Tisch. Denn bei uns war Stimmung. Jason ließ sich es nicht nehmen noch eine weitere Flasche Wein aus der teuersten Kategorie zu bestellen und schenkte mir ohne Aufforderung nach. Der Abend verging wie im Fluge. Langsam schlossen die Schausteller Ihre Stände und packten Ihre Sachen zusammen. Er zahlte unsere letzte Flasche Wein und wir gingen zur Bushaltestelle. Die Nacht war noch jung und so richtig nach Hause wollten wir auch nicht. Da ich bereits den ganzen Abend davon sprach, wie abgründig und schlimm der Kiez war und wir heiß diskutiert hatten, sagte Jason kurz: „In Ordnung, du darfst DEINE Meinung haben, aber ich zeige dir, wie es wirklich dort ist". Wir liefen zurück in Richtung Rathaus, fuhren mit der U-Bahn bis Hauptbahnhof und stiegen um, weiter bis S-Bahnhof Reeperbahn. Oben an der alten Bahnhofstreppe angekommen, blinkten die Straßenschilder der Lokale grell von allen Seiten. Ein Potpourri verschiedenster Musikstile aus den Straßenschluchten, dröhnte uns gleich in die Ohren. Ich konnte Jason ein wenig verstehen, was ihn an diesen Ort so faszinierte, aber für mich war es nur eine Partymeile, mehr nicht. Wir gingen entlang der verschiedenen Geschäfte, Imbiss-Geschäfte, Schuhgeschäft und Striplokale reihten sich aneinander. Es waren noch nicht ganz so viele Menschen auf der Meile. So konnten wir ganz bequem die Straße entlang gehen. Dann an einem der Striplokale, vor dessen Tür Jason häufig stand, sah er einen Kollegen. Er steuerte mit seinem freundlichen Lächeln auf ihn zu. Ich zögerte für einen kurzen Moment, weil ich nicht wusste, ob ich dabei sein sollte oder nicht. Jason nahm mich bei der Hand und stellte mir seinen Kollegen vor. Es war ein in die Jahre gekommener Mann, der schon Vieles erlebt haben muss, aber trotzdem wohl sehr auf sich aufpasste. Denn so wie manch andere Gestalt auf der Meile sah er nicht aus. Eigentlich recht

normal, nur mehr gelebt als ein Durchschnitts-
bürger. Er gab mir höflich die Hand, sah zu
Jason und meinte nur: „Tolle Frau". Dann
zogen wir weiter in Richtung Café Keese. Er
zeigte mir in welchen Hotels er auf der
Reeperbahn, bereits gewohnt hatte und wo sich
sein Zimmerfenster befand. Jason erzählte
dies, mit einem gewissen Stolz, welches mir gar
nicht so behagte, da ich mir nicht sicher war ob
er wirklich dem Schoß der Sünde entfliehen
wollte. Mein Gedanke war, ob er vielleicht froh
gewesen war, dort wieder zu arbeiten. Gleich
am Anfang der Woche ging er spätabends zu
seinem alten Chef. Sein Chef rief ihm nur quer
durch das Lokal als er im Laden stand. „Ich
habe es gewusst, dass du wiederkommst." Sie
gingen in ein nahegelegenes Café und
sprachen ganz vernünftig miteinander. Nicht
wie sonst, wenn es mal wieder Stress vor der
Tür gab, und sie sich anschrien. Jason stellte
diesmal die Bedingungen, er wollte nur noch
Fünf-Tage-Woche arbeiten und nicht mehr 10
Nächte am Stück. Gerne würde er auch
einspringen, wenn jemand für die Schicht
ausfiel, aber auch zwischendurch frei, wenn er
von der Tagschicht in die Nachtschicht
wechselte. Jason erwähnte noch, dass er eine
wichtige Familienfeier im August hätte und an
dem Wochenende auf keinen Fall arbeiten wird.
Sein Chef muss beeindruckt gewesen sein,
denn er ließ sich nach ein wenig verbaler
Gegenwehr dann doch darauf ein. Somit waren
sie mit einem Handschlag wieder im Geschäft.

Ich stellte mir, die Szene in Schwarzweiß vor. Beide im Anzug, sein Chef mit zwei „Gorillas" im Hintergrund, Zigarre rauchend. Wie er mit rauchiger Stimme zu ihm sagte: „Junge, du bist doch mein Sohn, den ich nie hatte." So erzählte es Jason mir später während er mir mein Geschirr in der Küche half abzutrocknen. Außerdem sollte ich das mal positiv sehen, fügte er hinzu und sagte: „Und wenn ich ein wenig Geld verdient habe, dann kaufen wir dir diese schöne Lederjacke die du neulich in deinem Lieblingsgeschäft gesehen hast." Daraufhin konterte ich nur: „Erstens verdienst du das Geld dort nicht, sondern du bekommst es nur und zweiten sollst du dein Geld zusammenhalten. Es ist nicht lebensnotwenig für mich, diese Jacke zu haben." Mir war viel wichtiger, dass ihm nichts passierte, wenn er sich wieder dieser Gefahr aussetzte. Ich wollte lieber, dass er irgendeinen normalen Job machte. In den darauffolgenden Tagen arbeitete Jason wieder nachts vor der Tür eines Striplokals auf der Reeperbahn. Er stand also wieder im Rotlicht. Es fiel mir dann nicht leicht einzuschlafen, weil ich mir Sorgen machte. Aber ich musste auch am nächsten Tag fit für Arbeit sein. Manchmal stand ich nochmal auf und rief ihn an, nur um zu hören, ob alles in Ordnung war. Sein Leben war eines, das ich zuvor überhaupt nicht kannte. Wenn ich morgens aufstand, war er gerade mal eine Stunde zuvor ins Bett gekommen. Meist wurde ich dann wach und er erzählte mir im

Bett, was bei der Nachtschicht so passiert war.
Er legte sich dann schlafen und ich machte
mich fertig für das Büro. Am Wochenende war
es mal höchste Zeit, dass Jason meine
Freundin kennenlernte, denn schließlich war er
auch mit auf der Taufe eingeladen. Wir trafen
uns im Garten meiner Freundin Vroni und ihrem
Mann. Ein befreundetes Paar meiner Freundin
war ebenfalls mit den Kindern eingeladen. Wir
sahen im Garten bei Kaffee und Kuchen und
genossen die Sonne. Die Kinder spielten
gemeinsam auf der Wiese. Wir saßen
zusammen und unterhielten uns. Meine
Freundin hatte ein paar Klatschzeitungen
gekauft und beim Sonnenbad durchgelesen.
Jason nahm sich eine dieser Zeitschriften und
las sich die verschiedenen Artikel durch. Er
wusste ziemlich genau, was bei den Stars und
Sternchen so los war und fing ´ an, mit uns
Frauen eine Unterhaltung darüber zu führen.
Der Mann meiner Freundin und der Freund
hörten es sich eine ganze Weile an. Bis sie zu
Jason meinten, er sei wohl im falschen Körper
geboren. Alle lachten und ich fügte noch hinzu.
„Es ist wirklich komisch, Jason begleitete mich
neulich mit zum Arzt und im Wartezimmer
schnappte er sich die „Gala" und ich mir die
Auto-Motor-Sport Zeitschrift." Das konnten
meine Freunde gar nicht so recht glauben, aber
bei Jason und mir war schon verkehrte Welt.
Häufig war er der Sensible und ich die
„Taffere". Aber manches Mal auch nicht. Die
Frauen waren etwas neidisch, dass man mit

Jason auch so toll über Frauenthemen sprechen konnte. Das lag daran, dass er mit seiner Mutter, der Großmutter und seiner Schwester aufgewachsen ist. Das hatte ihn geprägt.

Den schönen Tag ließen wir mit Grillen und Bier früh ausklingen. Die Kinder hatten ganz toll noch mit Jason getobt und gespielt, aber nun war es Zeit für die Kinder schlafen zu gehen. Jason und ich machten es uns bei mir zuhause noch gemütlich. Er war richtig erleichtert, dass er so offen aufgenommen wurde, von meinen Freunden. Er wusste nicht was ihn erwartete und hatte auch ein wenig Respekt vor dem Kennenlernen.

Die Taufe

Wir waren zur Taufe vom Vronis Sohn eingeladen und Jason hatte sich zuvor, seinen allerersten Anzug gekauft. Es war ein schöner Augusttag und die Sonne strahlte vom Himmel. Jason und ich hatten den ganzen Vormittag rumgetrödelt beziehungsweise im Bett verbracht, sodass uns zum Nachmittag nicht viel Zeit blieb in die Kirche zu kommen. Ich musste mir in Windeseile die Haare stylen, mich schminken und mein Kleid anziehen. Ich war relativ schnell fertig, weil ich meine Sachen schon vorbereitet hatte. Aber Monsieur war noch nicht fertig, als ich „Ausgehfertig" im Flur stand und auf meine Armbanduhr klopfte. Er musste noch seine Haare stylen und als ihm das nicht gelang, wusch er sie allen Ernstes ein zweites Mal. Ich wurde fast warnsinnig. Wie konnte ein Mann so viel Zeit im Bad verbringen. Gut ich gebe zu, es kam ja auch mir zu Gute. Denn er war immer äußerst gepflegt. Stetig gezupfte Augenbrauen, gut rasiert und angenehmes Aftershave. Aber diesmal war es an der Zeit etwas Tempo zu machen. Ich stand in der Badezimmertür und schnauzte ihn an, dass wir endlich uns auf den Weg machen mussten. Er in seinem Anzug mit rosa Krawatte und ich im rosa spitzenbesetzen Kleid und farblich abgestimmten Blazer dazu. Wir rannten dann zur Kirche und ich hoffte nur, dass meine High-Heels diesen Lauf aushielten.

Völlig abgehetzt, kamen wir an der Kirche an. Die Kirchenglocken setzten bereits ein. Wir setzen uns rechts vom Altar in eine der hinteren Bänke. Ich war schon ziemlich gereizt, aber wenn ich aus eigenem Verschulden zu spät komme, dann ist das meine Verantwortung, aber wenn ich mich durch jemand Anderen verspäte, dann werde ich echt ärgerlich. Jason starrte auf das Gesangsbuch und versuchte den Anschluss zu finden. Brav versuchte er den Text, den die Kirchengemeinde sang, zu folgen. Ich schielte immerzu zu ihm rüber und ich glaube er fühlte sich stark beobachtet. Mir ging es genauso. Während des Taufzeremonie, bat ich Jason ein paar Bilder mit meiner Kamera zu machen. Vor Allem wollte ich Bilder haben, als der Sohn meiner Freundin über das Taufbecken gehalten wurde. Ich drückte einfach Jason die Digitalkamera in die Hand und sagte nur schroff: „Mach mal ein paar Bilder, zu sitzt ja am Gang und kannst den Altar besser sehen als ich". Dies gelang ihm aber nicht so richtig, weil er den Umgang mit der Kamera nicht kannte. Ich fauchte ihn nur an, stand auf und stellte mich in den Gang der Kirche, um ein paar Fotos zu machen. Anschließend setze ich mich wieder neben Jason hin und gab ich noch ein hieb mit meinem Knie geben sein Oberschenkel. Als ich neben ihm auf der Bank saß und ihn ansah, sagte er nur: „Jetzt bin ich wieder der Idiot, das kenn ich schon." Begleitet von einer eingefallenen Statur inkl. Hände im

Schoß und Hundeblick. Ich erschrak und war
entsetzt über sein Verhalten. Ich nahm seine
Hand und flüsterte ihm nur ins Ohr: „Um Gottes
Willen nein, es war nicht so gemeint." Nachdem
die Zeremonie beendet war, gingen wir
gemeinsam aus der Kirche hinaus. Ich hakte
mich bei Jason ein und wir gingen aus der
Kirche hinaus. Die Sonnte strahlte uns vor der
Kirche an. Vroni machte mit ihrer Familie und
dem Pastor ein paar Fotos zur Erinnerung. Wir
stellten uns an die Seite, um Platz für die Bilder
zu machen. „Im Abseits der Gesellschaft, das
bin ich gewohnt", sagte Jason plötzlich und
grinste dabei. Es war zwar ein Spaß, aber
etwas Wahrheit war dabei, nur ich war dies gar
nicht gewohnt und fand es auch nicht nur
witzig. Anschließend gingen wir mit der ganzen
Taufgesellschaft in den Garten meiner
Freundin, um zu feiern. Für mich war es ein
kleiner Vorgeschmack, darauf wie es wohl sein
würde mal zu heiraten. Nur leider trug ich Rosa
und nicht Weiß. Nur wenige Meter entfernt,
kamen wir im Garten an und wir machten
wieder ein paar Fotos. Ich ließ mich viele Male
mit Jason fotografieren. Ich fand auch einfach
wir sahen so gut aus zusammen. Dann noch
ein paar Fotos mit meiner Freundin und
weiteren Freunden. Die Stimmung war äußerst
gut und alle Gäste waren gut gelaunt. Das
Buffet wurde nach einer Rede von Vroni und
ihrem Mann eröffnet. Es gab kalte und warme
Platten, verschiedene Salate, Brot und
Spanferkel. Die ganze Gesellschaft bediente

sich am Buffet und saß fröhlich beisammen. Es war ein herrlicher Sommertag und am Abend, noch so schön warm. Nach und nach zogen sich alle Gäste etwas Bequemeres an und auch Jason und ich zogen und Shirt und Jeans über. Dann kamen auch Fragen von Freunden und Verwandten meiner Freundin, wo ich denn diesen gutaussehenden Mann gefunden hätte. Der Alkohol floss ebenfalls dazu und somit waren die Fragen auch ziemlich direkt. Der Tante meiner Freundin erzählte ich wo ich diesen tollen Mann gefunden hatte. Ich hatte mit Abneigung und Empörung gerechnet, aber nicht mit einer so offenen Art. Sie erzählte mir, dass sie damals mit ihrem jetzigen Mann es auch nicht leicht bei der Verwandtschaft hatte. Sie war frisch geschieden mit einem kleinen Kind. Sie haben damals viel Widerstand und Rechtfertigungen ertragen müssen. Doch dies hatte sie nur mehr zusammengeschweißt. Sie sprach mir gut zu: „Die Hauptsache ist, dass ihr glücklich zusammen werdet, egal was das Umfeld meint." Wenn das mal so einfach, wäre. Ich sah schon meine Familie in Gedanken, wie sie wohl reagieren würden. DAS hatten sie sich sicher nicht für ihre Tochter vorgestellt. Die Tante bestätigte mir, dass wir wirklich ein tolles Paar zusammen sind und man ja immer wieder sagt:" Gegensätze ziehen sich nun mal an." Sie bat nur Jason direkt um Eines: „Behandle´ sie immer gut, wenn du es nicht mehr kannst musst du sie gehen lassen". Wir hatten schon alle gut etwas getrunken und der Geräuschpegel im

Festzelt wurde auch entsprechend lauter.
Jason zog mich sanft an sich an und flüsterte
mir folgendes ins Ohr: „Hab keine Angst, ich will
dir ein guter Mann sein und dich immer gut
behandeln. Du bist doch meine Königin." Ich
lächelte ihn an, im Kerzenlicht konnte ich sehr
gut erkennen, dass er Tränen in den Augen
hatte. Ich erschrak, weil ich mit so viel Gefühl
nicht gerechnet hatte. Mir schossen ebenfalls
Tränen in die Augen und wir küssten uns. Er
fügte noch hinzu: „Du bist das Beste was mir je
passiert ist." Und er weinte noch mehr, sogar
das die Tante meiner Freundin und weitere
Gäste es ebenfalls bemerken konnten. Es war
ihm aber völlig egal, für uns zählte nur die
schöne Musik im Hintergrund und wir zwei. Wir
nahmen uns in den Arm und weinten, weil wir
so glücklich in diesem Moment waren. Ich weiß
nicht mehr wer oder was es war, aber etwas
holte und ins hier und jetzt wieder zurück und
wir saßen mit den anderen Gästen zusammen,
lachten und feierten. Ein paar Gäste auf der
Wiese im Garte, fingen an zu tanzen und Jason
und ich tanzten auch. Ganz nah beieinander.
Unsere Beine parallel zueinander, sodass sich
die Oberschenkel berührten, die Arme und
Hände zu einer lockeren Tanzhaltung mit
angewinkelten Armen, der Oberkörper gerade,
sodass ich seinen Bauch und seine Brust
spürte. In den Moment hätten wir uns beide
gewünschte, allein nur mit der Musik sein zu
können. Spät in der Nacht löste sich die
Taufgesellschaft auf und alle machten sich

nach und nach auf den Weg nach Hause. Ich räumte noch ein paar Sachen zusammen und half meiner Freundin ein wenig Ordnung zu schaffen. Jason war sehr müde und ging schon voraus in meine Wohnung. Als ich dann später in die Wohnung kam, schlief er schon, aber ich weckte ihn noch auf. Ich legte mich an seine Brust und küsste ihn. Ich küsste ihm an der Wange, den Hals hinunter und lutschte ihm an seinem Ohrläppchen. Dann küsste ich ihm seine Brust und spielte ihn an seinen Brustwarzen. Er liebte das, wenn ich das tat. Obwohl viele Männer es eigentlich hassen, wenn man an den Brustwarzen spielt. Ich glaube aber nur, weil sie dies lieber selbst bei den Frauen machen. Er drehte sich zu mir und küsste mich. Seine Lippen waren so weich und warm. Ich schob ihm meine Zunge in den Mund und spielte mit seiner Zunge. Er sah mich an und sagte mir: „Weißt du ich habe schon so einige Frauen geküsst aber mit dir macht es mir am meisten Spaß." Er strich mir über meine Haare und über mein Gesicht und sah mich liebevoll an. Er küsste mir meine Stirn und meine Augen, am Hals hinunter zu meinen Brüsten entlang. Weiter am Bauchnabel, beugte er sich über mich und glitt mit seinen starken, warmen Händen an meiner Taille zum Becken. Er schob mir den Slip an den Beinen hinunter und legte seinen Kopf auf meinen Bauch während er mich küsste. Er küsste mich weiter am Schambein und meine Lippen zwischen meinen Schenkel. Dann kam seine

Zunge, die mir sanft an der Innenseite meines Schenkels strich. Meine inneren Schamlippen streichelte er mit seiner Zunge und biss mir ganz leicht in die Lippen hinein. Seine Zunge glitt sanft in mich ein, wie eine Biene die Ihre Honigblüte bearbeite. Ich hielt währenddessen mich an seinen Handgelenken fest und er sich an meinen. Wir waren, wie so oft verbunden in und miteinander. Dies tat er so gut, dass sich mein Becken weiter in Richtung seines Gesichts schob und ich griff ihn fester an. Er hatte es schon früh raus mich richtig zu verführen und wenn ich so weit war, wusste er genau, dass meine Achterbahnfahrt los ging. Manchmal ärgerte er mich auch und hörte mittendrin einfach auf und sah mich nur grinsend an. Er schaffte mich bis zum absoluten Höhepunkt und während ich noch wie ein Zitteraal da lag und genoss, fand er es manchmal zu witzig noch danach mir meinen Stempel zu küssen. Dann ließ er mich in Ruhe entspannen. Jason war keineswegs einer von diesen Männern, die unausgesprochen gleich einen Gegendienst haben wollten. Er wusste aber auch, dass ich schon eine passende Gelegenheit finden würde und sei es abends im Wohnzimmer während der Fernseher lief.

Er arbeite zwar auf der sündigsten Meile Europas, aber dort durfte dann auch kein Fenster unverhüllt bleiben. Wenn ich ihm manchmal sagte: „Lass´ die Jalousie doch noch offen, es ist noch hell und ich bin doch eh gleich fertig mit dir." dann war er wieder der kleine Junge vom Dorf, der am liebsten die Fenster verrammelt hätte, wenn es intim wurde.

Die Lederjacke

In der darauffolgenden Woche, rief mich Jason
am frühen Abend an. Ich hatte gerade
Feierabend gemacht und war auf dem Weg zu
meinem Auto. Als ich ihn fragte, wo er denn
jetzt steckt, sah ich in dem Moment, dass er an
der nächsten Hausecke lauerte. Ich legte auf
und umarmte ihn überschwänglich. Er lachte
nur wie ein kleiner Junge. Er hatte einen Plan
mit mir. Wir fuhren nicht nach Hause wie sonst,
sondern wir fuhren in das nächste große
Einkaufscenter. Er sagte nur: „Heute kaufen wir
die Lederjacke." Ich wehrte mich dagegen und
wettete mit ihm, dass diese Jacke die ich gut
fand, bestimmt nicht mehr im Laden hängt. Im
Geschäft angekommen, hing die Jacke noch
mitten im Geschäft. Er nötigte mich, eine von
denen anzuprobieren. Die Erste war ein wenig
eng und ich probierte eine größere Größe an.
Er zupfte an der Jacke und rückte den Kragen
zurecht. Dann lief ich durch das Geschäft und
fand einen großen Spiegel an der Wand. Ein
Verkäufer ging währenddessen an mir vorbei
und zeigte nur den Daumen hoch. Auch Jason
kam dazu und meinte nur: „Das ist deine Jacke,
da gibt es keinen Zweifel und sogar der
Verkäufer findet das auch. Und sie passt auch
so toll zu deinen Haaren". Während er meine
langen Haare zurechtrückte und am Kopf
auflockerte. Ich zog die Jacke aus und er
marschierte geradewegs in Richtung Kasse. Ich
konnte es mit meinem Gewissen

nicht vereinbaren, dass er von seinem Geld, mir die Jacke bezahlte. Draußen vor dem Geschäft, schob ich ihm Geld zu. Er sträubte sich dagegen, doch ich blieb hartnäckig und sagte nur: „Bitte nimm es, sieh ´es als Bereinigung meines Gewissens, dass die Jacke nicht komplett mit Rotlichtgeld bezahlt wurde." Mit diesem schlagfertigen Satz, hatte er nichts mehr entgegen zu setzen. Wir spazierten noch im Einkaufscenter in verschiedene Geschäfte und gingen noch eine Kleinigkeit essen. Dazu viel mir nur Satz ein: „Es ist ein ganz normaler Wochentag und es liegt nichts Besonderes an, aber wir tun so als wäre etwas Besonderes heute." Jason konterte nur mal wieder so in seiner „Leichtigkeit-des-Seien"-Art mit den Worten: „Na und? Wir sind zusammen, sei ´doch auch gut, zu dir. Wir feiern uns heute, weil wir uns haben. Das ist doch Grund genug oder etwa nicht?" Er blieb stehen, nahm mich in den Arm und ich nickte zustimmend und küsste ihn. Einige Wochen später rückte mein Sommerurlaub näher, den ich bereits gebucht hatte, bevor wir uns kennenlernten. Ich redete auf Jason ein, dass er sich keine Sorgen machen brauchte und ich ihm nicht fremdgehen würde. Bis wir uns sogar stritten. Ich hatte noch immer versucht meine Schutzmauer aufrecht zu erhalten und redete mir ein, dass dies mit ihm nur eine lockere Sommerromanze sein würde, bis er wie alle Männer zuvor, mich verletzen würden.

Er wurde richtig wütend und ich sah die Enttäuschung in seinen Augen. Wir stritten und diskutierten bis zum Abend. Als wir schon im Bett lagen und ich eigentlich am nächsten Tag wieder früh raus zur Arbeit musste, sagte ich ihm deutlich, dass ich auf diesen Urlaub gespart, der volle Preis bezahlt war und ich diese Reise machen würde. Da sprang er plötzlich in der Nacht auf und fing an, seine Klamotten in seine Sporttasche zu packen. Ich riss ihm die Tasche aus seiner Hand und schmiss die T-Shirts wieder in den Schrank. Ich wollte mal wieder die Coole sein, aber irgendwie war es dafür schon zu spät. Wir redeten noch bis weit in die Nacht und ich konnte ihm klar machen, dass mein Urlaub vor Allem für mich gedacht ist, Sonne zu tanken und Spaß mit netten Leuten zu haben.

Wenige Tage später, flog ich nach Griechenland. Ich verbrachte eine tolle Zeit unter Palmen mit vielen netten Menschen. Ich war so froh nach Jahren endlich wieder in der Sonne liegen zu können und einfach nur Spaß zu haben. Als ich im Winter die Reise gebucht hatte, war ich emotional an einem solchen Tiefpunkt, dass ich manchmal dachte, es gäbe kein Ausweg mehr. Diesen Tiefpunkt zu überwinden, außer ich würde mein Leben beenden. Jetzt war ich einfach nur super gut drauf und schon am Morgen auf der Insel der Griechen von der Sonne geküsst.

Jeden Morgen stand der Pool Boy im Wasser und rief mir auf halb griechisch und englisch ein paar nette Worte zu. Und ich dachte mit einem Lächeln an Jason. Wir telefonierten alle paar Tage und er fragte jedes Mal in Sorge: „Und hast du schon einen anderen Mann kennengelernt?" „Ja, natürlich" antworte ich. Ganz viele sogar, es sind nämlich 10 Stück an der Zahl. Das kommt eben bei einer Single-Reise so vor. Aber keiner ist so wie du, sonst wäre es zu überlegen," fügte ich mit einem Lachen dazu.

Mit den Mädels und Jungs aus der Single-Reisegruppe unternahm ich viele tolle Ausflüge und besichtigte großartige Orte auf der schönen griechischen Insel. Wir machten eine Bootstour, gingen an einsamen Buchten schwimmen oder schlenderten durch Altstädte, die u.a. auch schon Drehorte für die Sissi-Filme gewesen waren. Es war so erholsam, doch immer wieder dachte ich an Jason, ob es ihm hier wohl gefallen würde.

Der Urlaub verging ziemlich schnell und am Vortag meines Abfluges, erzählte mir Jason, dass etwas passiert war, aber er nicht wüsste wie er es mir sagen solle. Mein Puls stieg in sekundenschnell nach oben. Ich dachte erst es läge daran, dass wir noch am Abend noch fast 30 Grad hatten und ich erst gerade aus der Dusche kam oder die warmen Speisen am

Buffet neben dem ich stand, mich aufheizte. Nein, es lag daran, dass Jason mit der Sprache nicht rausrückte und um den „heißen Brei" sprach. „Also, ich bin ja im Moment in deiner Wohnung und schlafe dort, wenn ich von der Nachtschicht komme. Aber den einen Tag, bemerkte ich, dass noch jemand dort gewesen sein muss. Dann verließ ich die Wohnung und kam Tage später wieder zurück. Jetzt ist der Boden in deiner Küche neu ausgelegt worden. Aber sag bitte nichts, es soll wohl eine Überraschung von deinen Eltern sein. "Ich wäre froh, wenn ich solche Eltern hätte."

Am nächsten Tag, stand meine Abreise an und ich hatte noch die ganze Nacht über Jasons Worte nachgedacht. Er hatte ja Recht und ich bemerkte, dass er mir schon ganz schön wichtig geworden war. Meine Eltern holten mich vom Flughafen ab. Meine Schwester stand mit ihrer Familie auch dort und hatten jeweils eine Rose für mich mitgebracht. Auch durch Jason wurde mir bewusst, dass ich zwar meine Familie sehr zu schätzen wusste, es mir aber nicht immer bewusst machte. Meine Eltern hatten auf dem Heimweg nichts von der Küche erwähnt und ich erzählte, was wir für schöne Ausflüge mit der ganzen Gruppe unternommen hatten. Vor meiner Haustür angekommen, schloss ich die Tür auf, stellte meinen Koffer an die Seite des Flurs und rief nach Jason. Am Ende meines Flurs, im Schlafzimmer hörte ich ein Geräusch. Jason war erst in den führen Morgenstunden von der Schicht gekommen und schlief am Nachmittag noch. Ich ging ins Schlafzimmer, setzte mich auf die Bettkante und streichelte ihm über seinen Kopf. Er drehte sich um und lächelte mich an. „Ich bin wieder daaaaa!" sagte ich zu ihm und drückte ihm einen dicken Kuss auf dem Mund. „Oh du riechst aber sehr mediterran. Schön, dass du wieder da bist." antwortete er. Ich empfand das gar nicht, aber kein Wunder, wenn man viele Tage nur Olivenbrot, Tzatziki, Ouzo, Tomaten und Knoblauch zu sich nimmt, dann riecht man wohl so. Wir verbrachten jeden Tag zusammen, wenn es unsere Zeit zuließ. Unter der Woche, gaben wir uns nur kurz einen Schlagabtausch. Ich kam gerade von der Arbeit und er machte sich bereit für die Nachtschicht.

Ein Tag am Meer

Im Oktober entschlossen wir uns endlich für
einen Tag mal nach Dänemark zu fahren. Ich
lieh mir das Auto meiner Schwester und wir
machten uns auf den Weg.
Wir hatten sehr viel Spaß auf der Autofahrt dort
hin und lachten viel zusammen. Jason erzählte
Anekdoten aus seiner Kindheit oder sang die
Lieder aus dem Radio mit und machte dabei
Quatsch. Endlich am Strand angekommen,
gingen wir ein paar Meter zu Fuß zum Meer. So
wie ich es schon immer tat, senkte sich mein
Kopf sofort nach unten. Ich hielt Ausschau nach
schönen Steinen und Muscheln. Es war zwar
recht kalt, aber die Sonne schien herrlich auf
die Meeresoberfläche. Jason war noch nie in
Dänemark gewesen und hatte auch schon
lange nicht das Meer gesehen. Wir liefen am
Wasser entlang auf und ab und patschten mit
unseren Schuhen in die Gischt des Meeres.
Jason sammelte flache Steine und warf diese in
Richtung Meeresoberfläche damit sie mehrfach
aufkamen. Meine Versuche scheiterten
mehrmals und ich gab halbherzig auf. Es war
ein herrlicher Tag mit ihm und ich wünschte mir
mehr von diesen Tagen.

Halloween

An Halloween wollte ich mit einer Bekannten zu einer Party im Rathaus gehen. Jason musste leider wieder auf der Meile arbeiten und ich hatte dann Zeit mich mit Freunden zu treffen. Wir hätten gern die Zeit miteinander verbracht, aber es ging leider nicht. Ich fuhr zu meiner Bekannten und wir verfeinerten unser Make-up, damit wir gruselig genug für die Party aussahen. Ich hatte mir nicht allzu viel Mühe gegeben, denn mir war nicht so nach großem Drama-Make-up. Meine Bekannte klebte mir noch falsche Tattoos auf die Arme und den Hals. Es kamen noch ein paar Freunde dazu und wir machten und auf den Weg in Richtung Innenstadt. Ich hätte nie gedacht, dass so viele Menschen schon am frühen Abend vor dem Lokal standen, um ebenfalls noch Karten zu bekommen. Glücklicherweise hatten wir unsere Karten zuvor gekauft. Es dauerte ziemlich lange Zeit, bis wir ein paar Schritte in Richtung Eingang kamen. Ich musste die ganze Zeit an Jason denken und darüber wie es ihm wohl gerade geht. Mir war schon ganz kalt vom draußen stehen und wir standen erst ca. 20 min. vor der Tür. Jason stand bei solchen Temperaturen die ganze Nacht bis in die Morgenstunden. Dann kam eine Nachricht von ihm: „Liebelein, bitte melde dich, wenn du nach Hause fährst und nehme nicht die Bahn, sondern ein Taxi. Ich möchte nicht, dass dir was passiert." Ich konnte mir ein gerührtes

Lächeln nicht verkneifen. Meine Bekannte fragte mich, was denn sei. Als ich ihr sagte, dass ich eine SMS von Jason erhalten habe, verdrehte sie nur die Augen. Sie war schon etwas längere Zeit Single. Nicht aus Überzeugung, sondern weil sie so glaube ich, manchmal sehr kompliziert war. Der Abend verlief sehr schön, ich traf noch weitere Bekannte und wir feiert eine schön, gruselige Halloween-Party. In den frühen Morgenstunden verabschiedete ich mich von meinen Freunden und ging in Richtung Ausgang. Meiner Bekannten sagte ich, dass ich ein Taxi nach Hause nehme, aber das Taxi fuhr mich in Richtung Reeperbahn. Jason musste bald Feierabend haben und so konnte ich mit ihm nach Hause fahren. Mit einer Nachricht hatte ich mein Kommen bei Jason angekündigt und er freute sich sehr, dass ich ihn abholen wollte. Ich ließ mich vom Taxifahrer direkt vor dem Lokal absetzen vor dem Jason als Koberer arbeitete. Er stand dort und lächelte mich schon an. „Du bist aber viel zu früh, heute ist Zeitumstellung!" sagte er zu mir, während ich aus dem Taxi stieg. Neben ihm stand eine ältere Frau mit einem ausländischen Akzent. Sie sprach mich an und bat mich eindringlich mit rauer Stimme, doch im Lokal auf Jason zu warten. Er gab mir kurz ein Kuss und verschwand wieder nach draußen. Er musste noch eine Stunde vor dem Striplokal arbeiten. Also lud mich seine Chefin ein, an der Bar zu warten. Sie bot mir gleich etwas zu trinken an und ich war bereits von der Party ein wenig in Trinklaune. Ich bestellte Etwas und setzte mich an die Ecke der Bar, dieses etwas heruntergekommen und immer er mal wieder negativ in die Schlagzeilen gekommene Etablissement.

Auf der Bühne saß eine gelangweilte Stripperin mit schlecht gelaunter Miene, die sich mit ihrem Handy beschäftigte. Sie trug einen sehr großen roten BH mit passendem Tangaslip, rote halterlose Strümpfe und rote Pumps. Ihr Extension-Haar war wasserstoffblond und die Haarspitzen zippelten bis zu ihrem kleinen runden Hintern hinunter, den sie in den Stuhl gepresst hatte. Ihre ebenfalls roten Gel-Nägel waren so lang, damit hätte sie bestimmt ein Brot schneiden können. Eine weitere Frau saß, neben der Bühne in der roten Sitzecke. Ganz hinten zurückgezogen, in einer Ecke, saß eine afrikanisch, aussehende Frau mit einem Gast. Der Gast, mittleren Alters, Halbglatze und Bierbauch. Sie flüsterte ihm ständig etwas ins Ohr und er lachte immer zu. Der Teppich war vermutlich aus den 70er Jahren und schon ziemlich heruntergekommen. Mittig an der Bar, am oberen Regal, standen große Moet & Chandon Champagnerflaschen. Eine Stripperin stellte sich an die Bar und sah mich vorsichtig, abschätzend, aber doch freundlich an. Sie sprach mit Jasons Chefin. Ich glaube sie diskutierten um Geld. Ich konnte dem Gespräch nicht ganz folgen, da ich noch meine Eindrücke in verlangsamter Form durch die paar Gläser Sekt von der Party verarbeiten musste. Die Musik war ebenfalls sehr laut, so dass man kaum ein Wort verstehen konnte. Es war wie in einer anderen Welt, reizvoll, verboten, verrucht. Als würde geradewegs der Teufel mir die Hand reichen. Dann hörte ich Jason draußen vor der Tür, wie er lautstark mit jemanden sprach, während er ins Lokal kam. Er stieß den schweren, roten Vorhang als Windfang vor der Eingangstür, auf. Jason hatte es geschafft, ein paar junge Kerle hinein zu locken, die ein Bier für 3,- Euro bestellten. Alle übrigen Stripperinnen ohne Gast, richteten ihre Brüste, ihre Körperhaltung und setzen ein Lächeln auf oder versuchten einfach total heiß auszusehen. Die jungen Kerle setzten sich in die vorderste Sitzecke und die Damen setzten sich gleich dazu. Es war für jeden eine Dame da. Das Spiel lief immer gleich ab, wie Jason mir erzählte. Die jungen Herren konnten sich erkundigen wie teuer die Getränke waren. Doch sie bestellten Sekt oder auch O-Saft für die Damen, doch der hatte auch einen viel zu überteuerten Preis, aber es stand ja auf den Getränkekarten. Jason sagte nur dazu, wenn die männlichen Gäste die leichtbekleideten Frauen sahen, bestellen die was die Frauen wollten. Ich versuchte Jason zu ignorieren, ich wollte ihn ja nicht bei der Arbeit stören, doch ich spürte das knistern zwischen uns. Er sah immer wieder verschmitzt von der Seite an, während er im Laden seine Show machte. Ich blieb ruhig am Tresen sitzen und nahm meinen Drink. Dann kam ein gut gekleideter Mann hinein, der sich gleich an den Tresen setzte. Er war gut gepflegt und sah sehr vernünftig aus. Ich hatte immer gedacht, nur ganz junge Typen oder Männer, die es schwer bei den Frauen haben, solche Lokale betreten würden. Aber ich wurde eines Besseren belehrt. Nun, ich war durch meine Party sehr auffällig geschminkt und komplett in schwarz gekleidet. Sonst ist dies nicht mein Stil. Ich trug einen kurzen Rock mit schwarzer Strumpfhose und Stiefel. Es dauerte nicht lange, da sprach mich der Mann plötzlich an. Ganz höflich und gar nicht anzüglich oder gar plump. Wir kamen kurz ins Gespräch und ich hatte mir nichts Verwerfliches dabei gedacht. Doch nach kurzer Zeit, aus der hinteren Ecke des Ladens hörte ich Jasons Chefin, wie sie laut „Hey!" zu mir rief. Ein Arm in die Hüfte gestemmt und mit der anderen Hand mich wild an sich heranwinkend. Ich zuckte zusammen und mir stieß sofort Schamesröte ins Gesicht. Jason war leider wieder vor der Tür und bekam es nicht mit. Ich ging dann, aber selbstbewusst auf sie zu, ich war auch viel größer als sie und wir stellten uns an eine der Stehtische in der Ecke. Sie meinte nur: „Lass die Mädchen ihre Arbeit machen, aber du darfst am Tresen auf Jason warten, verstanden?" Dann sprach sie hektisch mit starkem Akzent weiter. „Ich wollte dich sowieso fragen, bei Jason ist das immer so schwer, einzuteilen mit Arbeit, er meint du hättest immer was dagegen, gibt es ein Problem?" Wir sahen uns an und zwischen uns schossen die Blitze durch die Augen hin und her. „Nein, es gibt kein Problem, wenn ich das rechtzeitig weiß und er nicht jede Nacht und jedes Wochenende arbeiten muss, ist es ok. Er muss das aber selbst für sich entscheiden, was er macht!!", antwortete ich bestimmt zurück. „Ist gut Schätzchen, dann kann Jason auch gleich Feierabend machen, setzt dich ruhig wieder, willst du noch was trinken?" Ich schloss nur kurz meine Augen und schüttelte den Kopf, während ich mich wieder hinsetzte. Diese Augen der Chefin, waren für mich wie ein Blick in die „Dark Side" oder ein Blick in die Hölle. So dunkel, so böse. Kurze Zeit später, gab es Stress mit einer Stripperin und einem Gast. Er hatte wohl mehr Erwartungen an die Stripperin, die sie nicht erfüllen wollte. Jasons Chefin schmiss plötzlich hinterm Tresen, ein Geschirrhandtuch mit dem sie zuvor Gläser poliert hatte und ein großes Kellner-Portemonnaie mit der Trinkgeldkasse auf den Tresen und sagte: „So, ich habe jetzt echt die Schnauze voll! Schluss hier, Feierabend, alle Gäste raus! Verpisst euch!" rief sie laut. Jason und sein Kollege vor der Tür kamen hinein. Dann ging das Saal-Licht an und ich entdeckte, wie einfach und heruntergekommen der Laden war. Aber im Dunkeln und mit LED-Beleuchtung sieht alles ganz anders aus. Das galt auch für einige Stripperinnen. Jasons Chefin teilte die

Trinkgelder für die Stripperinnen und das Türpersonal ein. Jason setzte sich neben mir mich an die Bar und nahm meine Hand. Er sah mich ganz liebevoll an und gab mir einen Kuss. Ich flüsterte ihm zu: „Ich muss mal, wo kann ich hier gehen?" Er stand auf und sagte: „Komm ich zeige dir wo und dann kann ich dir mal das Séparée zeigen." Dabei sah er mich ganz verschmitzt an. Ich rollte nur mit den Augen, um ihn zu zeigen, dass dies mich gerade wenig interessierte, der Alkohol wollte aus meiner Blase und das war mir gerade wichtiger. Wir gingen in den hinteren Bereich des Lokals eine kleine schmale Wendeltreppe hinauf. Gleich links neben dem Absatz der Treppe, waren zwei Türen mit jeweils einem schwarzen männlichen und einem weiblichen Piktogramm an der Tür. „Hier kannst du gehen." sagte Jason. Während ich schon meinen Rock nach oben schob und die Tür öffnete, rief ich ihm noch zu: „Warte aber auf mich, lass mich hier nicht alleine zurück!" Das WC war sauber, soweit man dies erkennen konnte. Die Wände, die Fliesen am Boden und die halbhoch gekachelten Wände des schmalen, rechteckigen WCs waren, komplett in schwarz gestrichen. Auch die Toilette, Spülbecken, Toilettenrollenhalter, alles in schwarz. Bis auf ein Bild mit einem Engel an der Wand, der einen durch den Spiegel über die rechte Schulter schaute, wenn man vor dem Waschbecken stand, um sich die Hände zu waschen. Während ich so, meine ganzen

Drinks in die Kloschüssel entließ, sah ich mir
die Ecken und die Wände der Toilette links und
rechts an. Waren vielleicht die Toiletten eines
Schmuddel-Lokals schmuddeliger, als die, die
man bereits in Kneipen, am Ende einer Nacht
gesehen hatte oder in edlen Restaurants? Nein,
sie waren ganz normal und sauber. Ich hatte
jetzt etwas ganz Anderes erwartet. Vielleicht
alte Kondome in der Ecke oder fragwürdig
benutzte Tücher oder Flecken an den Fliesen,
vor denen ich Ekel fürchtete. Nichts der
Gleichen hatte ich aufgefunden. Als ich das WC
verließ, stand noch Jason vor der Tür und bat
mich rechts in einen Raum. Dort standen ein
paar Leder- und Stoff Couchgarnituren, eine
kleine Bar mit Getränkeflaschen an einer
verspiegelten Wand und eine Poledance-
Stange auf einem Podest. Alles fand seinen
Rahmen aus rotem Samt. Ich setzte mich auf
das Podest und Jason stand vor mir und küsste
mich. Ich mochte nichts großartig anfassen und
fühlte mich nicht ganz wohl, das war ja der
„Arbeitsplatz" von den Damen. Die würden ja
auch nicht mal einfach so in mein Büro
kommen und sich auf meinen Drehstuhl in
Dessous setzen. Aber eine lustige Vorstellung,
wäre es. Ich war nun müde und wollte auch
nach Hause und so spannend wie ich erst
dachte war es dann doch nicht. Wir gingen die
Wendeltreppe hinunter und seine Chefin
drückte ihm ein paar Geldscheine in die Hand.
„Du warst gut heute, viel Gäste gebracht", sagte
sie in ihm mit rauchigem Ton. Wir nahmen

unsere Sachen, zogen unsere Jacken über und verließen das Lokal. An der Straße hielt gleich ein Taxi, welches uns nach Hause brachte. Da war ich etliche Male zum Feiern, auf dem Kiez gewesen und dachte ich als Hamburger Kind, kannte schon alles. Aber hinter dem Rotlicht, war es doch eine ganz andere Welt.

Die Tage danach, telefonierten Jason und ich nur miteinander, da er arbeiten ging, wenn ich Feierabend hatte. Jason erzählte mir, bei einem der Telefonate, dass alle im Laden so begeistert von mir waren. Einige Stripperinnen schwärmten bei Jason, wie hübsch ich doch sei und was für eine tolle Ausstrahlung ich hätte. Sein Chef hatte auch davon gehört und sprach mit Jason über mich. Er ließ lockere Sprüche fallen wie, dass ich gleich nächsten Tag im Laden als Bardame hätte anfangen können. Jason erzählte mir ausführlich davon. Ich musste herzhaft lachen und sagte ihm, dass aber er doch wohl wüsste, dass ich meinen Job sehr gern behalte. Er stimmte mir komplett zu und wollte auch nicht, dass ich nochmal zum Laden komme. Er fand, es sei Fehler gewesen, dass „Die" mich kennenlernten. Nun, sei er für die verwundbar und hatte eine „Schwachstelle" außerdem war er sich nicht sicher, ob er mich noch weiter beschützen konnte. Zwei Tage später, wollte er morgens nach der Nachtschicht zu mir kommen, doch er tauchte, nicht auf. Ich machte mich zunächst für die Arbeit fertig und versuchte ihn mehrfach auf seinem Handy ihn zu erreichen. Doch er ging nicht ran. Ich machte mir Sorgen, ob etwas passiert sei, er vielleicht im Krankenhaus liegt. Vielleicht war er in eine Schlägerei geraten. Mich würde man sicher nicht informieren, ich war ja nur ein Name in seinem Telefon. Oder viel schlimmer, vielleicht ist er bei einer anderen Frau und liegt dort schlafend im Bett. Ich war immer mehr in Sorge, doch ich musste zur Arbeit gehen. Ich machte wie immer meine Arbeit, doch in der Mittagspause versuchte ich ihn wieder ans Telefon zu bekommen, ohne Erfolg. Ab Nachmittag machte ich meinen Job, wie es irgendwie nur ging. Im Hinterkopf dachte ich immer an Jason.

Endlich am Abend - Feierabend. Ich stieg in den Bus und fuhr nach Hause. Währenddessen rief ich ihn immer und immer wieder auf seinem Handy an, doch er nahm den Hörer nicht ab. Wenige Busstationen, bevor ich ausseigen musste, versuchte ich ihn nochmals zu erreichen. Ich wollte schon auflegen, doch dann, endlich ich hörte ein zögerliches „Hallo" am Telefon. Es war Jason! Ich schrie in sofort an, wo er gerade sei und ob er sich vorstellen konnte, dass ich mir Sorgen machte. Er sagte nur leise, dass es ihm leidtut, er sei bei sich zuhause eingeschlafen und wollte mich auch nicht wecken, wenn er bei mir im Morgengrauen klingelt. Er fügte noch hinzu, dass er es besser für uns beide findet, wenn wir uns nicht wiedersehen. Es sei einfach besser so. Ich schrie weiter am Telefon mit den Worten, wer er glaubt wer er sei und was er doch für ein Arschloch sei. Ich tobte innerlich, doch ich musste mich zusammennehmen. Bis zu meiner Wohnung waren es noch 200 m und ich schrie ihn weiter am Telefon an, ohne auf eine Reaktion oder Antwort seinerseits zu warten. Ich schaute geradeaus auf die lange Straße vor meiner Wohnung. Glücklicherweise fuhren dort zur Rushhour viele Autos. So konnte man nicht hören was ich am Telefon sagte. Mein Gesicht muss knallrot gewesen sein, denn das spürte ich, weil mir schon ganz warm im Gesicht war und mir liefen die Tränen hinunter. Von mir ist noch niemand angegriffen oder verletzt worden. Teller oder Sonstiges habe ich auch nie in meiner Wut zerstört, aber mir war gerade nach Allem. Doch, ich weiß mich mit Worten sehr gut zu wehren. Nun wurden meine Worte härter und ich beschimpfte ihn, mit Allem was mir einfiel. Während ich meine Worte wie ein Maschinengewehr in den Hörer hineindrücke und meinen Mund an dem Mikrophon des Handys presste, holte ich einmal kurz Luft, um nicht noch zu hyperventilieren. Dann hörte ich aus dem Geräuschbrei der Straße seine Worte, die wie Dolch aus dem Hörer, ins Ohr durch meinen Kopf direkt in meine Brust schossen.

„Es ist besser, wenn wir uns nicht mir sehen…es tut mir wirklich…" Ich unterbrach ihn sofort: „Dann hol´ umgehend deine Scheißklamotten aus meiner Wohnung oder ich verteile sie dir umgehend auf der Reeperbahn, da kannst du sie dann einzeln aufsammeln!" Ich drückte die rote Hörertaste, beendete das Telefonat und ging die restlichen paar Schritte hinauf in meine Wohnung. Mich übermannte eine Welle von Beklemmung und Schock. Nun war ich bereits in einem Alter wo man glaubt, Menschenkenntnis zu besitzen und doch wurde ich so enttäuscht. Kannte ich diesen Mann denn überhaupt nicht? Wie konnte ich mich so getäuscht haben? Hatte er mir vermeintlich all seine Gefühle nur vorgespielt? War er vielleicht doch ein Anwerber für neue Prostituierte und hatte das Interesse verloren, weil ich so stark war und von Natur aus sehr misstrauisch? Hatte er vielleicht eine Andere gefunden oder war ich ihm nicht attraktiv genug? Ich brach in Tränen aus. Ich verstand die Welt nicht mehr, doch ich musste jetzt meinen Alltag alleine bewältigen auch wenn es mir schwer viel.

Ausgehen auf der Meile

Nachdem ich mich einige Wochen zurückgezogen hatte, nur zur Arbeit ging oder Zuhause war, fragte mich meine Freundin, ob ich mit ihr und ein paar Freundinnen mit ausgehen wollte. Ich konnte mich ja nicht weiter verkriechen. Ich ging los, kaufte mir ein neues Outfit, machte mich schick und fuhr zu meiner Freundin. Bis endlich alle Mädels bei meiner Freundin eingetroffen waren und wir fröhlich bereits in der Wohnung im 5. Stock ihrer Altbauwohnung in Eppendorf alle mitgebrachten Sektflaschen gelehrt hatten, konnte es endlich los gehen. Am Bahnhof wurde dann kurzfristig entschieden, leider nicht in das Schanzenviertel zum Feiern zu fahren, sondern gleich zum Kiez. Ich war nicht dafür, wurde aber überstimmt. Ich dachte ich sei stark genug, ich schaffe das schon...und wenn ich Jason begegnen sollte, dann werde ich einfach weiter gehen, als hätte ich ihn nie gekannt. Wir stiegen Feldstraße aus der Bahn und liefen sehr angeheitert und in Partylaune Richtung Große Freiheit. Für mich dachte ich nur, die Meile wird nicht mehr dieselbe sein. Zuvor war dies ein Ort zum Feiern und Spaß haben, doch jetzt verband ich diesen Ort mit Liebe, Sorge, Ungewissheit und ein wenig Angst. Ich ließ mir nichts vor meinen Freunden anmerken, um die gute Stimmung nicht zu verderben. Am Hamburger Berg angekommen ging es erst einmal in eines der bekannten Kneipen.

Viele Male war ich schon mit Freunden in eines
der Kneipen gewesen, doch Jason meinte
immer ich solle dort nicht hingehen, weil dort
die Frauen mit K.O.-Tropfen gefügig gemacht
werden und in der nächsten Seitengasse
geschleppt werden. Ich bin eine alte
Hamburgerin und war bereits viele Jahre zuvor
mit Freunden im „Golden Handschuh",
„Barbarabar" und „Roschinsky´s" zum
Partymachen gewesen. Ich war schon
vorsichtig. Seit je her, lasse ich mein Getränk
nie aus den Augen, wenn ich irgendwo feiern
bin. Mit einem Dutzend Kurze für jeden, ging es
weiter in Richtung Freiheit. Dann fing mein Herz
laut an zu schlagen, bis zum Hals und ich war
nervös, ob ich ihn nicht doch über Weg laufen
würde. Ich sah ihn weder an dem einen noch
an dem anderen Laden vor der Tür stehen.
Hatte er sich doch aus dem Staub gemacht,
Hamburg verlassen? Vermutlich versuchte er
gerade einer Anderen das Herz zu brechen…
Das war zu viel für mich, zu viele Fragen die
sich mit dem Alkohol im Kopf vermischten und
mir Kopfschmerzen machten. Endlich standen
wir an der Freiheit und ich wollte nur nach
Hause. Ich verabschiedete mich von meinen
Freundinnen, nahm mir schnell ein Taxi und
ließ mich nach Hause fahren. Der Taxifahrer
fragte mich in seinem gebrochenen Deutsch, ob
ich schön gefeiert hätte.

Doch ich antwortete nur mit einem Kopfnicken und ließ die Lichter der Nacht, die sich in der Seitenscheibe des Wagens, wie bunte Leuchtschweife vorbeizogen, mit meinen Gedanken fahren.

In den folgenden Monaten kaufte ich mir ein kleines, gebrauchtes Auto und fuhr eines Abends auf den Kiez. Ich brachte Jason seine restlichen Sachen, die er bei mir nicht abgeholt hatte. Ich hoffte, dass er noch in seinem Zimmer wohnte. Doch der Portier des Motels konnte dies nicht beantworten und schlug vor, dass ich zu seinem Zimmer gehen könnte. Doch diese Blöße wollte ich mir, denn doch nicht geben. Womöglich war er mit einer anderen Frau auf seinem Zimmer. Nein, ich gab die Sachen am Tresen ab und wies ihn darauf hin, dass ich kontrollieren werde ob er die Sachen bekommen würde und falls ihm einfallen würde etwas aus der Tasche herauszunehmen, würde ich es herausbekommen. Der Portier sah mich nur entsetzt an und versprach ihm die Sachen zu geben. Ich war froh, als ich wieder in mein Auto steigen konnte. Ich hatte es direkt an der Reeperbahn auf einem Parksteifen geparkt. Sofort drückte ich auf meine Türinnenverriegelung und fuhr wieder nach Hause. Ich war noch nie in eines dieser Motels oder Stundenhotels an der Reeperbahn gewesen, hatte diese kaum wahrgenommen, wenn ich dort war und nun war ich da hineingegangen. Ich hoffte nur, dass mich niemand gesehen hatte, der mich womöglich kannte. Doch niemand von meinen Freunden oder Familie trieb sich dort rum. Die Touristen, die mir entgegenkamen und mich sahen, dass ich aus einer der Tür der Meile kam, interessierten mich nicht.

Anfang Dezember, endlich der grässliche November war vorbei und die Weihnachtszeit begann. Überall war die Stadt mit Weihnachtssternen, Engeln und Weihnachtmännern geschmückt. Ein Exfreund von mir, mit dem ich vor ein paar Jahren zusammen war, hatte sich mal wieder bei mir gemeldet und wollte sich mit mir zum Quatschen und Glühwein trinken treffen. Ich fand diese Idee ganz gut, so kam ich mal wieder in die Stadt, in der ich viel zu selten war und konnte mir ein wenig Weihnachtsstimmung einholen. Wir sprachen über alles Mögliche und beklagten uns über unsere Jobs. Es war ein netter Abend und wir verstanden uns auch gut. Doch ich dachte wieder nur an Jason. Wir bestellten nacheinander Glühwein mit Schuss obwohl wir beide wieder nächsten Tag früh zur Arbeit mussten. An einem dieser Stände sprach mich eine junge Frau an und wir kamen in Gespräch. Sie fragte gleich ob wir ein Paar seien und ich winkte gleich ab. Ich erzählte ihr, dass wir mit Glühwein gerade auf unsere zweijährige Trennung angestoßen hatten und ich gerade frisch von einem Mann getrennt war, den ich immer noch sehr liebte. Nun bald klappten die Besitzer ihre Stände mit Glühwein, Weihnachtsdekoration, Süßwaren und warmen Leckerei zusammen und wir standen mitten auf dem Rathausmarkt und waren in Partylaune.

Wir vier entschlossen uns kurzfristig, in einen nahegelegenen Pub zu gehen, den ich von früher kannte. Die Kneipe war voll mit Menschen und im Hintergrund lief typisch irische Musik. Endlich hatten wir einen kleinen Tisch am Ende des Lokals ergattern können. Auf den ganzen Glühwein bestellten wir Bier, genau das richtige, um noch betrunkener zu werden. Ich kam mit ein paar Engländern ins Gespräch und erzählte das mein toller Jason der doch so ein Arsch war auch englische Wurzeln hat. Ich freute mich, englisch sprechen zu können und wenn ich etwas getrunken hatte, ließ ich auch meine Hemmungen zu sprechen außer Acht. Es wurde immer später am Abend und ich musste dringend nach Hause. Mein Exfreund war so nett, mich nach Hause zu bringen und als Revanche ließ ich ihn bei mir Übernachten. Leider hatte ich nur ein Bett zur Verfügung und somit musste er bei mir im Bett schlafen. Es kam, wie es kommen musste. Er kam zum Glück nicht, wir hatten wohl zu viel Glühwein. Als ich meine Augen schloss und seine Brust berührte, dachte ich für einen Moment „es ist Jason" doch als ich die Augen wieder öffnete, konnte ich nicht mehr und mir wurde übel. Ich nahm meine Hände vor mein

Gesicht und dachte nur: „Was tust du hier eigentlich?!" Ich ließ meinen Ex widerwillig bei mir übernachten und war froh als er um 05:00 Uhr aufstand um sich auf den Weg zur Arbeit zu machen. Mein folgender Arbeitstag war ganz furchtbar. Ich hatte solche Schwierigkeiten wach zu bleiben. Aber welch´ ein Glück, mein Kollege und sogar mein Chef waren ebenfalls auf einem Weihnachtsmarkt und hatten genau wie ich zu tief in den Becher geschaut. Somit war es ein sehr, sehr ruhiges Arbeiten und somit auch recht entspannt bis zum Feierabend.

Eine Woche später lud mein Chef meine Kollegen und mich in ein schönes Restaurant am Hafen ein. Gedacht war dies als kleine Weihnachtsfeier, ausgerechnet ein Tag vor Jasons Geburtstag. Ich konnte es nicht lassen und hatte ihm bereits ein St. Pauli T-Shirt gekauft. Dies passte ja nun perfekt zu ihm, wenn er dort noch vor der Tür stand. Gegen 23:30 Uhr wurde ich unruhig und rutschte schon von einer Po-Seite auf die Andere. Endlich zahlte mein Chef die Rechnung und wir konnten gehen. Ich stieg in mein Auto und fuhr direkt zum Motel auf der Reeperbahn. Der Portier begrüßte mich mit den Worten:" Hallo meine Schöne, du wieder hier, er ist aber nicht da. Er ist am frühen Abend gegangen." Ich nickte nur und stellte das Geschenk mit den Worten „bitte abgeben, er hat gleich Geburtstag und nicht vergessen!" auf den Tresen. Der

Portier sagte noch ein paar Worte zu mir, während ich die schmale, alte Holztreppe im dunklen Hausflur auf die Reeperbahn stieg, doch ich hörte nicht zu. Ich fragte mich wo feiert er jetzt? Feiert er überhaupt, sitzt er alleine in einer Bar oder feiert er mit seinen Kollegen oder womöglich mit einer anderen Frau...? Wie konnte ich nur so blöd sein, ihm noch was zu schenken. Soll er sich doch selbst was kaufen, macht er doch sowieso fast jede Woche. Aber vielleicht war er alleine und niemand denkt an seinen Geburtstag und er fühlt sich ganz alleine...Ich konnte ihn jetzt nicht suchen, wo sollte ich anfangen und ich musste nächsten Tag auch früh raus. Ich beschloss in mein Auto direkt am Parkstreifen an der Reeperbahn zu steigen und fuhr nach Hause.

Am nächsten frühen Abend bekam ich einen Anruf...es war Jason. Er hatte mein Geschenk bekommen und freute sich riesig darüber. Ich konnte es natürlich nicht lassen und fragte was er an seinem Geburtstag gemacht hatte. Er erzählte mir, dass er mit seinen Kollegen gearbeitet hatte und sie im Morgengrauen noch etwas Trinken waren und er sonst nichts weiter gemacht hatte. Sein bester Freund und seine Schwester hatten ihm zum Geburtstag gratuliert, seine Mutter hatte sich noch nicht gemeldet. Er sagte kurz darauf: „Ich muss dich sehen, wenn Du willst, ich würde mich sehr freuen!"

Ich zögerte mit einer Antwort, es stand Weihnachten vor der Tür und ich wusste nicht ob dies eine gute Idee war. Dennoch entschieden wir uns ein paar Tage vor Weihnachten zu sehen. Es war wunderschön mit ihm und wir hatten mal wieder tollen Sex. Wir wollten doch zusammen sein, warum bloß ging es nur nicht? Er sagte zu mir: „Wie zwei Königskinder, die nicht zusammen sein dürfen." Zu Weihnachten fuhr er zu seiner Familie und verbrachte dort die Zeit mit seiner Schwester und ihren Kindern. In der Woche zu Sylvester kam er zu mir zurück und wir feierten bei Freunden zuhause. Ich hatte schon Tage vorher alles mit meinen Freunden abgesprochen. Wer was zubereitet mitbringen sollte und zu welcher Zeit wir uns treffen wollten. Ich hatte mich schon sehr auf den Tag gefreut, doch ich hatte nicht mit Jasons Launen gerechnet. Am Silvesterabend hatten wir uns mal wieder Diskussion geliefert. Es ging mal wieder um seine Arbeit vor Tür. Ich hatte keine Lust mir den Abend verderben zu lassen und stellte ihn vor die Wahl. „Entweder wir beenden jetzt dieses Gerede und wir feiern zusammen in das neue Jahr oder du fährst jetzt zu dir nach Hause!" Ich zog meine Unterwäsche an, holte irgendwelche Klamotten aus meinem Schrank und zog mich an. Anschließend ging ich ins Bad und schminkte mich. Ein wenig Glitzerlidschatten und Make-up. Das reichte mir für eine Hausparty. Die halb geöffnete Badezimmertür öffnete sich weiter. Jason stand in der Tür wie ein kleiner Junge der was ausgefressen hatte. Er lehnte am Türrahmen und legte den Kopf dagegen. „Du bist schon eine hübsche Frau, weißt du das eigentlich?" Ich sah ihn durch den Badezimmerspiegel an, während ich mir etwas Lippenstift auf die Lippen trug. Ich schraubte den Lippenstift zu und legte es wieder in meine Schminktasche, ging mir nochmal mit den Fingern durch meine Haare und schaute in den Spiegel. „Das weiß ich, aber es gibt da jemand, der das nicht zu schätzen weiß" antwortete ich, während ich ihn aus der Tür drängte, um in die Küche zu gehen. Mit seinem „Kleiner-Junge-Lächeln" antwortete er: „Du bist eine bösartige Frau." Auf dem Weg zur Küche drehte ich mich um, schlug müde meine frisch getuschten Wimpern zu und zog eine Braue hoch, ohne Kommentar. Ich zog mich an und verließ mit Getränken und selbstgemachten Snacks, meine Wohnung, Jason tatsächlich hinterher. Bei meinen Freunden angekommen, setzen wir uns an den reich gedeckten Tisch mit Salaten, Dips und vielen anderen Leckereien, dazu Wein, Bier und leckerer Bowle. Die Bowle hatte extra meine Mutter für uns gemacht. Wir aßen zusammen, die Kinder meiner Freundin spielten mir ihrer Katze und tollten herum.

Wir hatten sehr viel Spaß miteinander und unterhielten uns sehr angeregt. Später am Abend kam jemand auf die Idee „SingStar" auf der Playstation zu spielen. Und es war unglaublich, ich sang mit Jason zusammen ein Lied von Take That, er war textsicherer als ich, abgesehen vom Halten der Töne. Auch beim zweiten und dritten Lied von Take That war er viel besser. Alle waren ganz verwundert. Jason hatte sich mittlerweile, die meisten Früchte aus der Bowle gefischt und wurde immer redseliger. Er erzählte eine lustige Geschichte, nach der Anderen über die Meile. Alle hörten ganz gespannt zu und wir haben sehr viel gelacht. Um Mitternacht herum umarmten wir uns alle und wünschten uns alle ein frohes neues Jahr. Dann noch kurz mit Sekt angestoßen, gingen wir nach draußen und ließen Böller knallen. Jason und die anderen Männer von meinen Freunden nahmen leere Sektflaschen und ließen Raketen in die Luft steigen. Die Kinder von Vroni schauten ganz fasziniert in die Luft und waren von den bunten Lichtern in der Luft begeistert. Ich beobachtete Jason, er wirkte ganz entspannt und gelöst, einfach mal weg vom Rotlicht-Trubel zu sein.

In der ersten Neujahrwoche kam Jason ganz niedergeschlagen von der Arbeit zu mir. Eine Bekannte war zu ihm gekommen, um ihm zu sagen, dass er Vater wird. Ich war außer mir vor Wut und konnte es nicht glauben. Gut, ich hatte auch etwas mit meinem Ex, aber ich habe verhütet. Es war angeblich das Kondom geplatzt und sie meinte nur sie nimmt noch die Pille, sie war auch noch verheiratet. Wir stritten massiv und ich warf ihn aus meiner Wohnung. Er beteuerte mir, dass er mich liebte und ich ihm kein Vorwurf machen konnte. Ich hatte ja schließlich auch etwas mit einem anderen Mann und wir waren ja zu dem Zeitpunkt nicht zusammen. Ich hatte mir doch gedacht, vielleicht mal ein Kind von ihm zu bekommen. Jetzt war es eine dahergelaufene Tussi, die er kaum kannte. Es schmerzte so sehr, doch ich liebte ihn auch. Es wäre wohl, etwas anderes gewesen, wenn wir uns kennengelernt hätten und er schon ein Kind gehabt hätte. Doch so fühlte es sich wie ein Betrug an. Es war kaum zu ertragen, wir hätte doch glücklich sein können und dann wurde uns dies kaputt gemacht. Meine Gedanken kreisten ständig in den folgenden Wochen nur um ihn. Hatte er dies wirklich ernst mit mir gemeint? Aber diese andere Frau und das Kind würden immer zwischen uns stehen. Auch diese Andeutung, die Jason noch beiläufig gemacht hatte, zeigte mir, dass sie in ihn verliebt war. Sie würde alles tun, um sich zwischen uns zu stellen. Im nötigsten Falle würde sie sicher Druck auf Jason ausüben, denn er dies oder jenes nicht täte, er sein Kind nicht zu Gesicht bekommt. Es schmerzte so sehr und so zog allein in meine Wohnung wieder zurück. Wochenlang ging wie immer nur Arbeiten bis abends spät und saß zuhause.

Gastro-Party

Einige Wochen später, lud mich Vroni zu einer
Party ein. Es waren nur geladene Gäste aus
der Hotel- und Gastrobranche eingeladen.
Leider fand die Party auf der Reeperbahn in
einem großen Lokal statt. Eigentlich hatte ich
gar keine Lust und dann noch ausgerechnet
dort. Aber ich überwand mich, mein Leben
musste ja irgendwie weitergehen. Wir trafen
uns vorher bei meiner Freundin und tranken ein
paar Gläschen Sekt zum Einstimmen. Auf dem
Weg zur Reeperbahn hatten wir schon eine
Menge Spaß doch mein Spaß war gedämpft,
als wir Feldstraße ausstiegen und Richtung
Reeperbahn gingen.

Die Party war schon voll im Gange und wir
brauchten Ewigkeiten bis wir endlich durch die
lange Schlange vor dem Lokal, an die Reihe
zum Eingang kamen. Ich sah immer und immer
wieder die Reeperbahn hinunter und hoffte ihn
zu sehen, vielleicht ging er zufällig dort lang
oder ich konnte ihn in der Ferne sehen, doch
leider nichts. Meine Freundin und ich tanzten
und feierten richtig, auch die Gespräche mit
ihren Kollegen waren sehr heiter und sorgten
ein wenig für Ablenkung. Aber ich konnte meine
Unruhe wenig verbergen und ging
zwischendurch aus dem Lokal, um später
hoffentlich ihn sehen zu können. Doch ich
konnte Jason nicht sehen. Vermutlich hatte er
die Stadt doch bereits verlasse. Es zerriss mich
fast innerlich, aber ich ging noch mit meiner
Freundin weiter zu feiern bis wir am frühen
Morgen nach Hause fuhren.

Fasching

Vroni hatte mal wieder die Idee zu einer Faschingsparty mit mir gehen zu wollen. Früher als wir noch jünger waren hatten wir immer einen riesen Spaß. Schon im Dezember planten wir die Kostüme und sahen uns in verschiedenen Geschäften nach diversen Stoffen um. In einem Jahr ging ich als Jane und meine Freundin als Meerjungfrau, welches wir mit ganz viel Arbeit und Liebe zum Detail zusammengenäht hatten. Diesmal hatten wir nicht so die Zeit die Kostüme selbst zu nähen und kauften uns die Kostüme in einem nahegelegenen Geschäft. Diesmal wählte ich das Kostüm einer Pilotin und Vroni ging im Dirndl zum Fasching. Wir fuhren zum Rathaus zur Faschingsparty und freuten uns riesig, dass wir mal wieder zusammen ausgehen konnten. Durch ihren Job und ihre Kinder hatte sie nicht mehr so viel Zeit um auszugehen. Manchmal war mir nicht so klar, was besser gewesen wäre. Ebenfalls früh Kinder zu bekommen und dafür nicht alleine zu sein, evtl. verheiratet mit dem Vater meiner Kinder…oder Single? Machen können was und wann man wollte, flirten mit wem man wollte und verschiedene Länder bereisen. Nun, war ich mal wieder alleine, aber an Jason denken wollte ich an diesem Abend gar auf keinen Fall. Die Party war großartig, viele Leute mit tollen Kostümen und richtig gute Stimmung auf den verschiedenen Dancefloors. Wir trafen sogar einen Exfreund von mir, der mit seinen Kumpels wie schon in Jugendtagen unterwegs war. Er ließ sich, auch verkleidet als Pilot gerade, mit ein paar Mädels, die als Stewardessen verkleidet waren, fotografieren. Welch ein Zufall! Wir feierten noch weiter mit meinem Exfreund und seinen Kumpels und tanzten zu all den tollen Partysongs von Schlager bis aktuelle Hits. Mir war schon so warm, dass mein Make-Up schon verlaufen war und meine Haare nass waren. Plötzlich zog meine Freundin mich in eines der Vorräume und mein Exfreund kam auf mich zu. Er hatte mit seinen Freunden beschlossen noch weiter auf den Kiez zu ziehen. Ich konnte dem Ganzen nicht mehr so ganz folgen, währenddessen ein paar betrunkene Typen stehenblieben und mich anquatschten. Meine Freundin, beschloss, dass wir ebenfalls dort hinfahren, mir war es egal, ich wollte nur tanzen, egal wo. Wir holten unsere Jacken, gingen den Gang hinauf Richtung Ausgang. Vor der Tür, stiegen mein Ex und seine Freunde mit ein paar Mädels bereits in ein Taxi und fuhren los. Das nächste Taxi hielten wir an und stiegen ein, nun merkte ich, dass ich ziemlich betrunken war und müde. Ich sagte meiner Freundin, dass ich es vorziehe lieber nach Hause zu fahren und wollte sie alleine weiterziehen lassen. Doch, sie versuchte mich mit Worten wie: „Nur eine halbe Stunde, ganz kurz nochmal da hin, dann fahren wir nach Haus, zu überzeugen." Das Taxi fuhr direkt

Richtung Reeperbahn und ließ uns am „Herzblut" aussteigen. Wir gingen die Straße hinunter. Wir ernteten Blicke und Anmachen von vorbeigehenden Typen. Wir hatten beschlossen, noch in der Großen Freiheit in eines der Lokale zu gehen, um dort noch weiter zu feiern. Zuerst mussten wir aber noch bei McDonald´s etwas essen. Ich hatte immer Hunger, wenn ich nachts unterwegs war und ich wollte auch meinen Alkoholpegel etwas reduzieren. Wir gingen weiter die Straße hinunter und umso näher wir zum Lokal kamen, wo Jason immer gearbeitet hatte, wurde mir unwohler. Ich bekam ein Kribbeln in den Fußsohlen, welches ich durch meine Strumpfhose in den Pumps spürte und meine Hände wurden schwitzig. Ich wollte, einfach die Straßenseite wechseln und nicht dort lang. Doch, die Straße war viel zu befahren und das Geländer auf dem Mittelstreifen würde mich auch daran hindern die Straße zu überqueren. In meinem kurzen Kleid und dem Zustand, würde dies sicher auch nicht gut gehen. Ich flehte Vroni an, nicht dort lang zu gehen, dass ich ihn auf keinen Fall sehen wollte. Doch sie sprach mir zu, dass dies für mich besser sei, falls wir ihn sehen, an ihm einfach vorbeizugehen, um endlich mit ihm abzuschließen zu können. Ich wurde wütend und beschimpfte sie, was sie denn für eine Freundin sei, mir das anzutun. Sie beteuerte, dass sie doch bei mir sei. Doch als wir wenige Meter vor dem Lokal waren, riss ich mich von ihrer Hand los, nahm meinen Pilotenhut ab und lief einfach in die Masse aus Menschen mit einem bitteren Geräuschcocktail aus allen Sprachen, Jargons und Gelächter, die ähnlich wie eine Vogelschwarmformation Richtung Freiheit zog. Ein paar Meter weiter bemerkte ich wieder den Alkohol und mir wurde kalt. Ich blieb seitlich an einer Ecke, eines Sexshops stehen und wartete auf Vroni, doch ich sah sie in der Masse nicht. Ein Typ, mit einem Döner in der Hand kam auf mich zu, er sagte etwas zu mir, doch irgendwie registrierte ich dies nur in Zeitlupe und ich verstand kein Wort. Entweder verstand ich nichts, weil er mit vollem Mund sprach, er zu betrunken, ich zu betrunken oder wir beide zu betrunken waren. Später stellte sich heraus, er war zu betrunken und Engländer. Ich sah noch irritiert zu dem Typen, da sah ich im Augenwinkel meine Freundin endlich auf mich zukommen. Ich sah sie an, doch dahinter sah ich noch jemanden…. es war Jason!

Gekleidet in seinem dicken Parker und Baseball Cap auf. Sein Blick sah sehr traurig aus. Als ich das registriert hatte, sackte ich auf meinen Pumps zusammen. Er machte einen Schritt nach vorne und hielt mich, so dass ich mich auf seine Brust mit den Armen stützen konnte. Ich roch sein Parfüm und spürte seine starken Arme an meinem Körper. Ich wünschte mir in dem Moment einfach in seinem Arm einschlafen zu können, doch blitzschnell drückte ich ihn weg von mir. Er kam wieder auf mich zu und wollte mich in den Arm nehmen. Die Worte, die er zu mir sagte, verstand ich nicht, ich schrie ihn an und boxte mehrfach mit geballten Fäusten auf seiner Brust herum. Ich schubste ihn und brüllte: „Wieso tust du mir das nur an, mit einer anderen ein Kind zu bekommen. Du hast mich die ganze Zeit verarscht und belogen." Mir liefen die Tränen das Gesicht hinunter und meine Schminke verwischte. Ich weinte so sehr, dass meine Wangen schwarz gestreift vom Mascara waren. Vroni drückte ihn weg von mir und bat ihn zu gehen. Sie nahm mich in den Arm. Ich riss mich zusammen, holte meinen Schminkspiegel aus meiner Tasche, wischte mir die Tränen aus dem Gesicht und ordnete meine Haare neu. Dann hakte ich mich bei meiner Freundin ein und sagte zu ihr: „Wollen wir nun noch feiern gehen oder nicht? Na dann mal los." Ich glaube Vroni kam gar nicht so schnell mit, dass was vor wenigen Minuten passiert war, hatte sie noch gar nicht richtig registriert. Ich selbst erkannte mich auch nicht so recht. War dies eine andere Seite von mir, war dies zuvor meine wahre Seite oder war ich gerade unter Einfluss von Alkohol nicht ich selbst? Ich, die sonst beruflich sehr professionell und sehr kontrolliert und korrekt sein wollte. Manchmal erkannte ich mich selbst nicht oder lernte ich mich gerade nur selbst besser kennen? Eines war nur klar, so schnell wie dieser

Gefühlsausbruch kam, war er auch wieder verschwunden. Meine Freundin und ich gingen die Straße entlang Richtung „Große Freiheit". Als wir in die Straße abbogen und uns durch das Gedränge der Menschenmassen durchkämpften, blendete mich das Licht der vielen verschiedenen Leuchtreklamen der einzelnen Bars und Lokale. Ich konnte Jason auch ein Stück verstehen, dass ihn diese Welt faszinierte, alles strahlte bei Nacht so schön bunt und man wurde angezogen, wie eine Motte im Licht einer Straßenlaterne. Doch jede Nacht könnte ich mir dies auch nicht antun. Wir feierten an dem Abend noch weiter, tranken ein paar Cocktails. Es war noch ein richtig schöner Abend.

Am frühen Morgen hatte sich Vroni mit ihrem Vater auf dem Fischmarkt verabredet und sie drängelte, dass wir uns bald auf den Weg machen mussten. Zum Leidwesen eines Typen, den ich am Eingang nur mit einem Lächeln stehenließ, obwohl er meine Nummer noch haben wollte. Ich bekam, mich kaum ein und musste laut lachen. Meine Freundin schüttelte nur den Kopf mit den Worten: „das ist wieder typisch du, einfach den Typen stehen lassen". Ich antwortete nur trocken: „Ich bin ja keine Verpflichtung eingegangen nur weil ich mit ihm geflirtet habe." Wir gingen die Straße Richtung Fischmarkt hinunter und ich merkte, dass ich mich nicht mehr so richtig auf den hohen Schuhen halten konnte. Die hohen Absätze waren nicht mehr so richtig das Wahre für mich und der Alkohol trug sein Übriges. Plötzlich dachte wieder an Jason und mir schossen Tränen in die Augen. Ich ließ mich vom vorherigen Gang neben meiner Freundin zurückfallen und wurde immer langsamer im Gang. Sie meckerte mich an, ich solle doch schneller laufen, ihr Vater würde nicht ewig auf uns warten, dass er uns mitnehmen kann sonst müssten wir ewig lange mit der Bahn oder Taxi nach Hause fahren. Plötzlich blieb ich mit meinem Schuh am Kantstein einer Verkehrsinsel hängen und viel auf den Hintern. Ich konnte den wunderschönen Sternenhimmel sehen und weinte noch mehr. Meine Freundin kam ein paar Schritte zurück und zog mich am Arm hoch, doch ich ließ mich wieder auf den Boden fallen. Meine Mutter sagte mal zu mir, als ich Teenager war, dass ich bestimmt mal in der Gosse lande. Jetzt fühlte ich mich so, als sei ich dort nun angekommen, vielleicht auch zu Recht. Aber mein Innenleben war schon ein Scherbenhaufen. Ich schrie und weinte mit den Worten: „Lass mich in Ruhe und hier liegen, ich gehöre sowieso auf dem Boden, lass mich ruhig hier liegen!!!" Ich hörte die Worte von Vroni nicht mehr, ich hörte nur wie sie mich anschrie und mich weiter am Arm zog, damit ich endlich aufstand. Dann klatsche es! Sie hatte mir eine Ohrfeige verpasst, so dass ich erschrak und mit weinen aufhörte. Ich war geschockt, wir kannten uns schon fast 20

Jahre, doch das hatte sie noch nie mit mir gemacht. Ich stand langsam auf und sie half mir meine Kleidung ein wenig zu säubern. Ich war sprachlos, sie hakte sich bei mir ein und wir gingen den restlichen Weg zum Fischmarkt. Vroni und ich bekamen Hunger und wir kauften uns gleich am ersten Marktstand, ein Fischbrötchen. Ich machte wieder Späßchen mit dem Fischverkäufer als Vronis Vater plötzlich hinter uns stand. Vroni und ich schlenderten dann schon zum Auto und setzen uns hinein, ihr Vater wollte noch einige Dinge auf dem Markt kaufen. Vroni redete im Auto und auf der Fahrt nach Hause auf mich ein, dass alles wieder gut wird und ich ihn endlich vergessen muss, doch ich konnte ihren Worten nicht mehr folgen, weil ich viel zu müde war und nur schlafen wollte. Am nächsten Nachmittag fuhr ich zu meinen Eltern zu Besuch und blieb dort bis zum frühen Abend. Ich wollte Abstand von dieser Nacht bekommen, die irgendwie so gar nicht zu mir passte. Gefühlt war zwar ich gestern dort draußen gewesen, aber irgendwie auch nur ein Teil von mir oder doch nur das wahre Ich? Und der Rest ist nur Fassade? Ich fragte mich ständig, was ich alles gemacht hatte und wieso? Am Abend als ich Zuhause angekommen war, sah ich zunächst, einen Anruf von Vroni auf dem Display meines Telefons und noch ein paar weitere Rufnummern, von der ich zunächst keine weitere Notiz nahm. Ich rief meine Freundin zurück und sie berichtete mir gleich, dass Jason bei ihr angerufen hätte, um sich nach mir zu erkundigen. Er hatte mich weder Zuhause noch Mobil erreicht. Vroni vermutete, dass ich bei Eltern zu Besuch war. Als ich Vroni zurückrief, teilte sie mir gleich aufgeregt mit den Worten: „Du glaubst gar nicht, wer mich angerufen hat?" mit, dass Jason total aufgelöst war und sich große Sorgen, um mich machte. Ich war ganz überrascht und hätte es nach dieser Nacht nicht erwartet, dass er sich überhaupt meldete. Vroni und ich berieten was man jetzt tun könnte. Kurzerhand beschloss ich dann doch Jason anzurufen, um wenigsten mitzuteilen, dass es mir gut ging und mehr nicht. Ich war gefasst, als ich seine Rufnummer wählte und wusste, es würde sicher das letzte Gespräch mit Ihm sein. Es klingelte und am anderen Ende kam ein zögerliches: „Hallo". Ich antwortete nur mit: „Ich wollte dir nur mitteilen, dass es mir gut geht, ok? Alles klar das war´s dann auch schon." Wa…wa…warte mal" willst du gleich wieder auflegen? Geht es dir wirklich gut? Ich habe mir riesige Sorgen gemacht, ich dachte es wäre etwas passiert. Du warst zuhause und mobil nicht erreichbar. Ich hielt für einen Moment die Luft an und überlegte, ob ich antworten oder einfach auflegen sollte, um nicht in Versuchung zu geraten mit ihm weiter zu sprechen. Er würde mich versuchen mit seinen Worten wieder einzuwickeln…Ich antwortete nur mit: „Was ist denn noch?" im genervten Ton.

Ich war aber gar nicht genervt, es war wunderschön seine Stimme zu hören. Ich mochte seine Stimme gern hören...auch am Telefon. Wir redeten noch eine ganze Weile über den Abend und darüber was passiert war. Dann legten wir auf. Ich musste nächsten Tag früh zur Arbeit und er jetzt zur Arbeit. Es vergingen bei paar Wochen an, denen wir nur telefonierten oder er mich bei der Arbeit abholte und wir eine halbe Stunde Zeit hatten im Auto kurz zu sprechen, weil er zur Arbeit musste, wenn ich gerade mal eine Stunde Feierabend hatte. Ich fühlte mich in der Situation ganz wohl, ich hatte die Nähe zum ihm, ohne zu nahe zu sein. Jeder ging irgendwie seinem Alltag nach. Eines Tages, zu einem Wochenende hin, klingelte es morgens um halb 5 an meiner Haustür. Ich schreckte hoch aus meinem Bett und orientierte mich, ob ich es nicht geträumt hatte...doch es klingelte kurz noch ein zweites Mal. Ich sprang aus meinem Bett und hüpfte mit 2-3 großen Schritten über den langgezogenen Flur meiner Wohnung und stolperte fast noch über meinem Läufer im Flur. Ich griff nach dem Hörer der Gegensprechanlage, ließ ihn aus der Hand fallen, griff mit der selbigen nach der Verbindungsschnur, um nachfassend wieder nach dem Hörer zu greifen. Ich brachte nur noch ein leises „wer ist da?" heraus. „Hallo ich bin es, kann ich hochkommen?" Es war Jason. Ich drücke den Türöffner und hörte, wie das klacken durchs Türöffnen durch das ganz Treppenhaus hallte. Ich hörte seine Schritte, wie er langsam die Stufen hochkam. Erst als er den ersten Fuß auf die oberste Stufe setzte, öffnete ich die Tür. Er trug nur ein schwarzes T-Shirt und ein Hemd offen darüber mit einer Jeans. Unter seiner Brust waren Schweißränder und das T-Shirt sah an der Stelle nass aus. Seine Atmung wirkte abgehetzt und er roch nach Spirituosen. „Was machst du hier?" fauchte ich ihn müde an. „Ich komme von der Arbeit und ich wollte dich sehen, du fehlst mir sehr." Er griff sanft nach meinen Unterarmen und zog mich an sich. Ich drehte mich zur Seite und lehnte mich an die Wand gegenüber der Haustür. Er küsste mich mit seinen zarten Lippen und ich spürte seine Körperwärme an meinem Körper. Sein Körper bewegte sich weiter auf mich zu und drückte mich gegen die Wand. Meine Arme umschlossen fest seinen Hals und Schulterbereich. Wir standen ohne ein Wort zu sagen eine Weile im Flur. Ohne ein Wort zu sagen, gingen wir in mein Bett und schliefen gemeinsam eng umschlungen ein. Wenige Stunden später, schreckte ich hoch und sprang aus dem Bett aus, hüpfte unter die Dusche, zog mich an und verließ die Wohnung, um zur Arbeit zu gehen. Jason ließ ich weiter in meinem Bett schlafen. Es war wie zuvor, nur waren wir sehr vorsichtig zu einander. Ich wusste nicht, ob es richtig war, ihn wieder in mein Leben zu lassen, doch eine innere Stimme sagte mir, es ist ein Spiel mit dem Feuer. Obwohl ich weiß, ich würde mich verbrennen, könnte ich nicht aufhören, wieder in die „Flammen zu greifen". Einige Wochen vergingen, ich ging zur Arbeit, wenn er wenige Stunden zuvor mit Brötchen zu mir kam. Ich machte Feierabend, wenn er schon bald los zur Arbeit musste. Doch wenige Monate später, ging ich morgens aus dem Haus und kam am Spätnachmittag von der Arbeit, aber er war nicht in meine Wohnung. Ich wartete noch eine Weile, in der Annahme er sei, kurz etwas besorgen, dann versuchte ich ihn telefonisch zu erreichen, doch er antwortete auf meine Anrufe nicht: Meine anschließenden Nachrichten, hatte er auch nicht abgerufen und er rief auch nicht zurück. Ich war enttäuscht, machte mir Sorgen, dass etwas passiert sein könnte. Am späten Abend war ich wütend, richtig wütend. Ich hätte am liebsten meine ganze Wohnung kurz und klein geschlagen. Wütend auf ihn, wütend auf mich selbst, dass ich mich wieder auf ihn eingelassen hatte. Ich wusste doch so genau, dass er vermutlich einfach wieder verschwinden würde ohne ein Wort, wie er mal sagte: „Du bist so eine tolle Person, ich will dich vor mir selbst schützen!" Doch spät in der Nacht kam ein Anruf von ihm. Er entschuldigte sich bei mir, dass er sich nicht gemeldet hatte, aber er war die ganze Zeit im Krankenhaus gewesen und konnte nicht anrufen. Ich war geschockt, und brachte nur Halbsätze heraus: „was passiert"? du verletzt?" „geht's gut?". Doch dann erzählte er mir, dass ein Kumpel dieser anderen Frau anrief, um mitzuteilen, dass das Kind geboren ist. Er sei dann unmittelbar losgefahren, zu ihr ins Krankenhaus und seither die ganze Zeit dort gewesen. Er erzählte mir, es sei ein Junge geworden. Meine Knie wurden zittrig und ich setze mich auf meine Couch, während er weiter fortfuhr. Als er zu Ende erzählt hatte und er nur noch einen Seufzer herausstieß, holte ich Luft und verbal aus! Ich schrie ihn an, was er sich einbilden würde, mir dann nicht mal eine Nachricht, wenigsten zuvor einen Zettel auf dem Küchentisch zu hinterlassen und nur weil sie das Kind bekam, welches sie ihm untergeschoben hatte, er nichts Besseres zu tun hatte, dort hinzufahren, obwohl er mir zuvor geschworen hatte, mit der Frau nichts zu tun haben zu wollen!!! „Er antwortete nur mit weinerlicher Stimme „Aber es ist doch auch mein Sohn und ich wollte ihn sehen." – es war still- keiner von uns wagte weiter etwas zu sagen. Nach den schweigenden Minuten, begann ich mit ruhiger und bestimmter Stimme fortzufahren. Er solle sich jetzt erst einmal um die neue Situation kümmern, schauen ob er aufgrund des Kindes nicht doch mit dieser Frau leben wolle, aber mich doch bitte sofort in Ruhe zu lassen und am besten meine Rufnummer zu löschen. – Es wäre für alle das Beste! Ich legte den Hörer auf. Es war ja löblich, dass er sich kümmerte und für die Mutter seines Sohnes da war, aber mir war es einfach zu viel!

Wenige Wochen vergingen wieder ohne eine Nachricht, ohne einen Anruf oder ein Spontanbesuch vor meinem Büro von Jason. Und ich beschloss noch weiter Abstand gewinnen zu wollen und brauchte dringend Urlaub! Ich buchte kurzfristig eine Reise für mich allein nach Spanien. Irgendwie hatte es ja auch Vorteile, Single zu sein. Niemanden, auf den man Rücksicht nehmen musste, keinen mit dem man sich abstimmen brauchte. Aber auch niemand, mit dem man diese Freude teilen konnte....

Kurze Zeit später begann mein Urlaub und ich flog mal wieder in die Sonne...Ich genoss die ersten Tage so ganz allein überhaupt nicht, ich fühlte mich so was von allein, wie in meinem Ganzen leben noch nicht. Ja es werden, zumindest die meisten von uns, außer Zwillinge, allein geboren und gehen auch allein von dieser Erde. Doch dazwischen, muss jeder selbst für sich entscheiden, wie häufig er einsam sein möchte. Manche Umstände beeinflussen dies ja auch. Ich habe mich auch richtig einsam gefühlt. Ich stand morgens früh auf, zog mich an, packte meine Sachen für den Strand und ging zum Frühstück. Einige Paare oder Familien saßen im Hotelrestaurant, wenn ich die Treppen hinunterkam. Gefühlt sahen mich alle mit mitleidigen oder fragenden Blicken an, wenn ich allein mir am Buffet mein Essen nahm und niemand dazukam. Ich redete auch mit niemandem, ich sprach tagelang kein Wort.

Ich hasste es die ersten Tage, früh morgens am Strand. Ich holte mir aber beim Gemischtwarenhändler an der Promenade, eine Tageszeitung und las diese erstmal.

Niemand war am Strand zu sehen. Hin und wieder dachte ich auch an Jason, warum es einfach mit uns nicht funktionierte. Aber ich kam zu der Erkenntnis, dass es nicht an mir lag, sondern an Jason. Er musste in ganz vielen Situationen sein Verhalten ändern. Es fiel mir nach und nach etwas leichter, nicht ständig an ihn zu denken. Ich begann auch das schöne Wetter und die Umgebung zu genießen. Einige Tage später, wieder am frühen Morgen am Strand, bemerkte ich wenige Liegen von meiner entfernt, ein deutsches älteres Ehepaar. Die beiden sahen hin und wieder zu mir rüber, aber ich verstand nicht was sie sagten. Ich vermutete, dass sie mich wahrscheinlich auch bemitleideten, ebenso wie die anderen im Hotel. Als ich mich eincremte und versuchte möglichst alle Partien meines Rückens mit allmöglichen Verrenkungen, ebenfalls einzucremen, um auch mal auf dem Bauch mich sonnen zu können, ohne gleich wie ein Krebs auszusehen, rief der Mann rüber: „Soll ich ihnen behilflich sein? Das ist ja allein nicht so einfach." Wie recht er doch hatte, es war wirklich nicht einfach, vor allem wenn man sich so sehr wünschte, dass eine ganz bestimmte Person beim Sonnenschutz half. Ich rief zurück: „Wenn Ihre Frau nichts dagegen hat." Seine Frau hingegen, fügte lächelnd hinzu: „Ach wissen Sie, wir sind seit 50 Jahren verheiratet." Ich vertraue ihm schon." Ich ging rüber, stellte mich kurz vor und während der Mann mir die restlichen Partien meines Rückens mit Sonnencreme einrieb, erzählte die Frau mir, dass Sie schon bereits kurz nach der Grenzöffnung in Ostdeutschland hierher fahren, immer in das selbe Hotel, immer zur selben Jahreszeit und auch immer das gleiche Zimmer und das Ganze seit mehr als 20 Jahren. Ich fand diesen Gedanken unheimlich schön, so lange mit einem Menschen zusammen zu sein und jedes Jahr die gleiche Reise gemeinsam zu unternehmen. Aber auch so schrecklich vorhersehbar und monoton. Ich dachte dann wieder an Jason, ob er wohl, während ich mit den älteren Herrschaften am Strand spreche, sie mir von all ihren Schwierigkeiten von früher erzählten, gerade an mich denkt oder bereits ein anderes armes Herz unglücklich zu macht? Es drückte in meiner Brust…schrecklich! Die folgenden Tage, traf ich jeden Morgen das ältere Ehepaar, ich brachte eine Tageszeitung mit, die wir uns zum Lesen teilten und sie passten auf meine Habseligkeiten auf, wenn ich baden ging. Ansonsten passierte nicht viel, aber ich kam mir nicht mehr so ganz so einsam vor und die Gedanken an Jason wurden von Tag zu Tag etwas weniger. Vielleicht mal beim Frühstück, ob er gerade jetzt schlafen ging, während ich in mein Marmeladenbrötchen biss oder am Abend, wenn ich auf meinem

Balkon meines Hotelzimmers saß und unten das nächtliche Treiben auf der Straße und vor den Clubs beobachtete. Ein paar weitere Tage, vergingen und ich kam jetzt ganz gut mit dem Alleinsein zurecht, da sprachen mich drei 3 Deutsche am Strand an, die Gutscheine für freien Eintritt verteilten, um Leute für die Bars und Discotheken am Abend zu gewinnen. Eines der „Ticketero" sprach mich Tag für Tag am Strand an und jedes Mal sagte ich ihm, „ja vielleicht komme ich heute Abend in eure Bar". Aber ich blieb dann doch auf meinem Zimmer, trank einen Cocktail von der Bar, den ich mir aufs Zimmer mitnahm. Dann eines Abends traute ich mich doch in diese Bar und traf auch gleich den „Ticketero" wieder. Auch die anderen Deutschen, die dort in der Bar arbeiteten lernte ich kennen und wir feierten zusammen und hatten eine tolle Zeit. Ab und zu, kamen wieder die Gedanken an Jason hoch, er rief mich aber auch nicht an oder schickte auch keine Nachricht. Es machte mich traurig und erleichterte zugleich. Dann war der Urlaub vorüber, schneller als gedacht und ich flog nach Hause.

Nach einem Tag akklimatisieren vom Urlaub, ging der ganz normale Alltag wieder los. Ich arbeitete den ganzen Tag, machte mir am Abend etwas zu essen und stand morgens wieder auf und ging zur Arbeit. Woche für Woche. Doch einige Wochen später, passierte etwas, womit ich ÜBERHAUPT nicht mehr gerechnet hatte. Ich fuhr auf den Parkplatz vor meiner Wohnungstür, als am rechten Seitenfenster meines Autos jemand klopfte. Ich rangierte mein Auto noch zu Ende, um richtig in der Parklücke zu stehen, da stand Jason da. Ich war mir echt nicht sicher, ob ich mir dies gerade nur einbildete, das konnte doch eigentlich gar nicht sein. Ich öffnete das Seitenfenster auf der Beifahrerseite und rief nur raus: „Hast du dich verlaufen? Zum Kiez geht es in die andere Richtung!" Er sah mich nur lächelnd an und sah verlegen von links nach rechts. „Ach, bestimmt willst du deinen restlichen Kram holen", fügte ich hinzu. Ich stieg aus meinem Auto, schloss die Tür ab und ging auf ihn zu. Ich war richtig erbost darüber, ihn wieder sehen zu müssen, denn ich hatte ihn doch so schön mühselig vergessen und glücklicherweise ein paar Wochen nicht an ihn gedacht. Nun stand er dort am Seitenstreifen. Während ich an ihm vorbeiging, sagte ich nur kühl „Na dann komm mal mit rauf und hole dein Kram ab". Er muss sich wie ein kleiner Schuljunge gefühlt haben, der seinen Turnbeutel beim Hausmeister abholen wollte, weil er diesen zum X-ten Mal am Sportplatz liegenlassen hatte. Aber ich fand das geschah ihm recht. Wir gingen die Treppen zu meiner Wohnung hinauf und keiner von uns sagte etwas. Es kam mir wie eine Ewigkeit vor, als wollten wir krampfhaft per Treppenstufen doch noch gemeinsam den 7. Himmel erreichen. Ich schloss meine Haustür auf und ging ins Schlafzimmer, in einer Tasche hatte ich bereits ein paar T-Shirts, Aftershave, ein paar Unterlagen und ein Paar Sneakers von ihm zusammengepackt. „Hier" gab ich ihm die Tasche, während er mit unsicherem Blick auf der letzten Ecke meiner Couch saß. Dann sahen wir uns schweigend an. Nach einer kurzen Zeit des Schweigens, erzählte er mir, dass er aus der Stadt wegwollte, woanders hin und von vorne anfangen. Ich sagte, kein Wort dazu, ich war fertig mit der Gefühlsachterbahn, ich fühlte wenig Mitleid und auch Verachtung, aber vor allem großes Unverständnis, wie man dann einfach weiter durch die Lande ziehen kann, sich nicht den Problemen stellt, sondern lieber davonrennt, anstatt auch mal anzufangen, an sich zu arbeiten. Er stand dann zögerlich auf und ging Richtung Haustür. „Dann wünsch´ ich dir alles Gute", sagte ich, öffnete ihm die Tür. Dann ging er durch die Tür nach draußen und ich schloss die Haustür gleich hinter ihm. Ich drehte mich mit dem Rücken zur Tür und ließ mich runter gleiten bis ich am Boden in der Hocke saß. Einige Minuten später kam eine Nachricht per Handy von Jason. „Können wir nochmal reden?" Ich wartete eine Weile, sah aus dem Fenster und konnte ihn auf der gegenüberliegenden Straßenseite stehen sehen, wie er zu mir hinaufsah. Eigentlich müsste ich gar nicht darauf reagieren, einfach ignorieren und so tun, als ob ich das Handy nicht gehört hätte. Ich konnte es aber nicht ignorieren, meine Neugierde war zu groß. Es steht ja auch schon bereits im Wort neuGIER, die Gier wissen zu wollen, was er mir sagen wollte, gepaart mit der Hoffnung es zu verstehen…

Ich antwortete mit einer Nachricht, mit den Worten: „Komm ´rauf" und nichts weiter. Dann klingelte es wieder an meiner Tür und mein Herz schlug wieder schneller. Ich wurde nervös und meine Hände fingen an zu schwitzen, obwohl mir kalt war. Er stiefelte die Treppenstufen hinauf, nachdem ich an der Gegensprechanlage, den Türöffner gedrückt hatte. Auf der obersten Stufe hörte ich seine Schritte zur Haustür…diese öffnete ich nur einen kleinen Spalt und sah ihn an. Er stand auf der Fußmatte und drückte wortlos vorsichtig die Tür auf, mit ein wenig Gegendruck lief ich ihn dann gewähren…Er öffnete die Tür komplett und ging in die Wohnung und nahm mich in den Arm. Mir fuhren tausend Gedanken durch den Kopf. „Warum schmeißt du ihn nicht raus, es hat keinen Sinn, der Mann zerstört dich nur", dachte ich. Wie ein Parasit, der unbemerkt in deinen Körper gelangt und dich krank werden lässt. Aber er tat dies auf eine so sanfte Art, dass ich mich dem nicht entziehen konnte. Ich spürte seinen Atem an meinem Nacken und seine Küsse an meinem Hals. Dann schob er den Ausschnitt meines Shirts hinunter und grub sich mit seinem Gesicht, tiefer in meine Haut am Dekolleté. Seine Hände schoben sich links und rechts an meiner Hüfte entlang, über die Taille unter mein Shirt. Ich bekam am ganzen Körper eine Gänsehaut. Dann streichelte er meinen Oberkörper hinunter wieder zu meinen Hüften Richtung Po. Er packte mich mit seinen Unterarmen unter den Po und hob mich hoch. Ich umschloss ihn mit meinen Beinen auf Bauchhöhe seinen Körper. Dann ging er langsam mit mir auf dem Arm Richtung Schlafzimmer, legte mich sanft an der Bettkante ab und schob mich mit beiden Händen Richtung Kopfende. Nun lagen wir gemeinsam eng umschlungen im Bett und sagten kein Wort zu einander. Wir sahen uns nur an, küssten uns. Irgendwann schliefen wir ein und er blieb die ganze Nacht.

Am nächsten Morgen wachte ich allein in meinem Bett auf. Jason war wohl bereits aufgestanden. Ich ging über den Flur, warf einen Blick ins Bad und ging weiter über den Flur in Richtung Küche doch auch dort war er nicht. Weiter über den Flur ins Wohnzimmer fand ich dies auch leer vor. Ich setze mich auf meine Couch im Wohnzimmer und überlegte.

Ich starte an die Wand und aus dem Fenster.
So vergingen Minute für Minute und Stunde für
Stunde…als es spät und dunkel wurde, ging ich
schlafen. Mitten in der Nacht kam eine
Nachricht von Jason: „Ich werde jeden Tag an
dich denken! Ich liebe dich sehr…bis bald."
Dies war zunächst die letzte Nachricht von ihm,
aber ich wusste er kommt zurück. Ich ging
wieder meinem Alltag nach und irgendwann
würde ich wieder von Jason hören, wenn die
Zeit entsprechend dafür da war. Ein paar
Wochen vergingen und ich hörte nichts von
Jason. Ich dachte jeden Tag an ihn und
versuchte mich in meinem Alltag so gut es ging
abzulenken. Am Schlimmsten war es am
Abend, wenn ich allein in meiner Wohnung saß
und mich sorgte ob es ihm gut ging und wann
ich wohl von ihm hören würde. Das Gute war,
dass ich meine Arbeit, meine Familie und
Freunde hatte, die für Ablenkung sorgten.

Eines Abends, ich war gerade vom Besuch
einer Freundin nach Hause gekommen,
klingelte mein Telefon, es war plötzlich Jason.
Er fragte mich, wie es mir ging und was ich so
machte. Eine Antwort wartete er nicht wirklich
ab und sagte nur: „Du fehlst mir!" Ich stieß
einen großen Seufzer aus und wollte mich
eigentlich gerade sagen, dass es vielleicht doch
besser wäre, wenn wir uns nicht mehr sehen.
Ich hatte mich so gut wieder auf mein eigenes
Leben konzentriert und fühlte mich wieder als
hätte ich zu meiner „inneren Mitte"

wiedergefunden. Das erzählte er mir, dass er bei seinem besten Freund bei Dortmund gewesen sei. Sein Kumpel lag im Krankenhaus als er von ihm angerufen wurde. Die jahrelange Alkohol- und Drogensucht, hatten die Organe seines Freundes angegriffen, sodass der Körper einfach nicht mehr richtig arbeitete. Jason brach seine Reise ab und führ direkt zu seinem Freund. Im Krankenhaus konnte er ihn nur noch in den Tod begleiten. Niemand sonst war für seinen Freund da gewesen, weder Familie, die schon vor vielen Jahren keinen Kontakt zu ihm hatte, noch andere Freunde kamen zum Verabschieden. Es war nur Jason dort, der ihm die Hand hielt, bis die lebenserhaltenden Maschinen abgestellt wurden.

Sein bester Freund starb mit 27 Jahren. Jason war total fertig mit den Nerven…Mit gebrochener Stimme fragte er mich, ob er mich besuchen könne. Ich hielt einen Moment inne. Eigentlich dachte ich, es wäre besser, sich nicht zu sehen, dennoch, ganz gleich ob wir ein Paar sind oder werden, was irgendwie nicht so klar war. Einen Freund lässt man nicht hängen und ein Freund war er auf jeden Fall. Ich stimmte zu und war froh, dass er erst in ein paar Tagen mich besuchen kommen wollte, weil er in Dortmund noch ein paar Dinge bezüglich der Beerdigung zu erledigen hatte. So konnte ich mich darauf vorbereiten, ihn wieder zu sehen.

Ein paar Tage später, stand Jason dann plötzlich vor meiner Tür, als ich von der Arbeit kam. Er sah, verweint und müde aus. Ohne viel Worte nahm ich ihn in den Arm und wir gingen zu mir in die Wohnung. Er erzählte mir ein wenig aus dem Leben seines Kumpels, welch traurige Jahre er zuletzt er verbracht haben muss. Auch der Zustand der Wohnung war katastrophal. Jason, sagte immer wieder „Auch wenn er von diesen „Drogen und Alkohol nicht loskam und ich nichts damit zu tun haben wollte, hätte ich mich öfter bei ihm melden müssen" Ich nahm ihn in den Arm und er schlief irgendwann bei mir im Schoß ein. Am späten Abend, ging ich rüber in mein Schlafzimmer und legte mich ebenfalls hin. Jason ließ ich auf der Couch weiterschlafen. Am frühen Morgen schlief er noch immer, als ich die Wohnung verließ, um zur Arbeit zu fahren.

Am Spätnachmittag, als ich gerade das Büro verlassen hatte, stand unweit vom Büro entfernt, Jason. Er sah etwas erholter aus und strahlte mich an. Überrascht, fragte ich ihn wo er hinwollte. Er wollte mich nochmal sehen, bevor er zu einem Vorstellungsgespräch bei einer Reinigungsfirma hingehen wollte. Ich wünschte ihm Glück und fuhr nach Hause. Einige Stunden später klingelte mein Telefon, es war Jason. „Ich habe ein Jobangebot von der Reinigungsfirma erhalten und die haben mir gleich einen Vertrag unter die Nase gelegt. Es handelte sich um eine Tagschicht." Da war ich froh, als er dies sagte. Er fuhr fort: „Allerdings

ausgerechnet für ein paar Clubs auf dem Kiez".
Oh nein, dachte ich jetzt sollte er doch von dort
weg und dann bekommt er ausgerechnet dort
wieder ein Jobangebot. Jason fügte noch hinzu:
„Es fühlt sich so an, als würde mich dies
verfolgen oder es ist wie ein „Sog des
Rotlichts". Stille am Telefon und wir überlegten
was das Beste wäre. Auf der einen Seite, war
es wichtig, dass er Geld verdiente, auf der
anderen Seite, ausgerechnet wieder dort? Ich
versuchte ihm gut zuzureden, er könne sich
dies ja ersteimal anschauen und dann später
entscheiden, ob er das weitermachen kann.

Ein paar Tage später begann Jason seinen Job
am Tag bei der Reinigungsfirma. Er war guter
Dinge und ging mit mir zusammen früh aus
dem Haus, damit er rechtzeitig bei seinem
neuen Arbeitgeber war. An seinem ersten
Arbeitstag, fuhr er mit dem Chef der
Reinigungsfirma zu einem Club, der gereinigt
werden sollte. Der Chef war ein glatzköpfiger
kleiner Mann mit großem Bauch, der nicht viel
redete und ihm die Räumlichkeiten wortkarg
zeigte. Der Barbereich und die Hinterzimmer
sollten von Straub, Müll und sonstigem Unrat
entfernt werden. Dafür gab er ihm max. 1 ½
Stunden Zeit. Er käme später zurück, um ihn
abzuholen damit sie zum nächsten Club fahren
konnten. Jason machte ich mit einer Mischung
Neugier und angewidert sein, an die Arbeit.
Zunächst ging er in den Barbereich und räumte
alle Getränkeflaschen

und sonstigem Krempel von der Arbeitsfläche. Er schnappte sich einen Eimer und Wischlappen und begann alle Oberflächen abzuwischen. Überall waren die Flächen klebrig und er fragte sich, ob dies wohl am Schampus lag der verteilt wurde. Oder ob eines der Gäste mit seiner Spritzpistole durch den Club wichste Bei dem Gedanken wurde ihm übel und er zog sich seine Gummihandschuhe noch weiter über seine Hände oder Unterarme.

Ein Ohrring lag auf dem graubräunlichen Boden und anhängend ein langes schwarzes Haar. Den Ohrring legte er an die Seite des Tresens und putze weiter die Bar. Anschließend ging er den hinteren langen Flur entlang, der durch einen hölzernen Perlenvorhang optisch getrennt war. Der Boden war aus dunklen Fliesen in Steinoptik. Vom Flur abgehend, war weitere Zimmer und Separees. Jedes der Zimmer war individuell mit unterschiedlichen Farben eingerichtet. Es gab ein Safari Zimmer mit Mahagoni Bett und Nachtischen. Eine Couch im Zebralook und ein Tigerfell als Bettvorleger. In den Ecken standen aus Holz geschnitzte Figuren dunkler, figurbetonte afrikanischer Menschen. Ein weiteres Separee hatte ein schwarze Ledercouch, drei Lab Dance-Stangen im Raum, verspiegelte Bodenfliesen und Kacheln an der Wand. Auch dort wischte er Staub und entfernte allen Müll.

Samtsäckchen

Jason war froh, dass er allein arbeiten konnte, ihn niemand störte und er zügig vorankam. Plötzlich hörte er aus dem Barbereich eine Stimme sagen. „Hey Jason, ich hoffe du bist endlich fertig. Wir müssen das nächste Loch Putzen gehen." Jason erschrak, fing sich aber schnell wieder und räumte den Staubsauger in eine Seitenkammer im Flur. Es war sein Chef, der in Abholen kam. Sein Chef zeigt ihm jeden der Clubs mit seinen Räumlichkeiten und Besonderheiten und ließ Jason dann allein. So putze er noch 2 weitere Clubs bis ihn sein Chef abholen kam. Dies wiederholte sich noch ein paar Tage fortwährend, bis sein Chef ihn mit einem kleinen Transporter eigenständig am Sonntagmorgen zum Putzen in die Clubs ließ. Jason sagte ein paar Tage später: „Es ist schon komisch, früher bin ich in die Clubs gegangen und bis in den frühen Morgenstunden zu Party machen dort gewesen. Heute bin ich noch immer in den frühen Morgenstunden in den Clubs – zum Putzen!". Er konnte einige Dinge erzählen, die mich zum Staunen brachte. Mal fand er einzelne Herrenschuhe, einen hundert Euroschein, Spitzenhöschen in den Ecken, Pillen oder sonstige Drogen auf dem Boden und ein schwarzes Samtsäckchen. Es war beim wilden Feiern der Gäste zwischen 2 Polsterkissen in einem der Clubs gerutscht. Jason hatte das Säckchen eingesteckt und sich nicht getraut es zu öffnen. Bis zu dem Zeitpunkt, als er nach Hause kam. Er kam ganz aufgeregt nach Hause und hatte sich ständig vergewissert, ob ihm vom Kiez bis nach Hause jemand gefolgt war und schaute noch mehrfach durch den Türspion um sicher zu gehen, dass sich niemand im Treppenhaus befand. Wir setzen uns ganz gespannt ins Wohnzimmer. Er holte das Samtsäckchen aus seiner Hosentasche, zog das Zugband auf und schob den gefalteten Samt auseinander. Er schaute hinein, sah wieder hoch und mich ganz enttäuscht an. „Nichts drin, nur Stoff!" sagte er ganz enttäuscht. Ich konnte aber sehen, dass etwas drin sein musste, denn der Stoff zog sich beim Halten in der Hand immer wieder nach unten. „Zeig mal!" sagte ich und riss ihm das Säckchen aus der Hand. Ich schaute ebenfalls hinein und konnte nichts sehen, aber fühlen. Offensichtlich hatte jemand, etwas in den Innenstoff genäht. Ich ging mit in die Küche und holte eine Schere. Er fragte nervös: „Was hast du vor?!" „Ich glaube da ist etwas im Innenstoff, deshalb schneide ich das auf." Bist du verrückt" antwortete er. Wieso? Entweder ist etwas darin, dann können wir sehen was es ist oder es ist nichts, dann schmeißen wir es weg!" Ich schnitt vorsichtig an der unteren Naht den Beutel auf, um an die beiden Stofflagen zu kommen. Ich konnte vereinzelt etwas hartes, wie Steine fühlen. Ich konnte sie aber nicht greifen, sondern jeder einzelne Stein war separat an der Innenseite des 2. Stoffs vernäht.

Mit zwei Fingern konnte ich endlich einen der Steine festhalten und herausziehen. „Und was für ein Stein!" Es waren mehrere kleine Steine, die funkelten heller als die Sterne einer klaren Winternacht. Wir staunten beide und sahen uns an. „Du musst es zurückgeben, Jason", sagte ich. Sowas vergisst man nicht einfach so, wenn die Edelsteinchen echt sind." Jason antwortete nur: „Dann muss derjenige als Erstes beweisen, dass die Steinchen in dem Laden verloren gegangen sind oder sie nicht doch gestohlen wurden." Wir beschlossen zunächst die Steinchen aufzubewahren und zu versuchen wie viel diese Dinger wert sein könnten. Unser Ergebnis war, die könnten richtig viel wert sein, aber sowas kann man nicht überall einfach so in Zahlung geben. Klar war, wir wollten ersteimal warten was passiert. Es passierte Tage, dann eine Woche, dann 3 weitere Wochen nichts….

Niemand hatte sich bei Jasons Chef gemeldet oder nach einer verloren gegangen Sache gefragt. Doch dann plötzlich eines frühen Morgens, stand ein Typ vor dem Laden und ging auf Jason zu: „Ey Alter…ist dein Chef da? Ich muss mit ihm sprechen, weil ich bei Euch was verloren habe. Jason wurde warm im Gesicht und er wurde nervös. Er begleitete den Typen in den Laden und rief nur: „Chef, hier ist jemand für Sie, der möchte etwas klären." Der Kerl bat den Chef mit ihm in eine Ecke zu gehen, um mit ihm ungestört reden zu können. Die beiden unterhielten sich miteinander, während sie eng gegenüberstanden. Jasons konnte durch das Staubsaugergeräusch nichts hören. Dann sprach sein Chef ihn an: „Jason, komm mal rüber." Er ging in die Ecke des Ladens zum Chef. Sein Chef sagte: „Jason, dieser Gast war vor einigen Wochen unteranderem in diesem Laden und vermisst seither eine kleine schwarze Tasche. Hast du etwas gefunden? Jason antwortete nur mit gespielter Coolness: „Chef du weiß doch was in den letzten Wochen los war und du weißt was ich schon alles gefunden habe. Die Fundsachen liegen hinterm Tresen oder du fragst mal die Mädchen, hier aus diesem Laden. Jason stellte dem Typ eine Frage direkt, während er mit breit aufgestellten Beinen und geschwellter Brust vor ihm stand: „Waren sie denn mit eines der Mädchen im Séparée? Vielleicht hat eines der Mädchen etwas gesehen." Daran konnte sich der Gast nicht mehr erinnern, weil er wohl zu betrunken war. Jasons Chef fügte noch hinzu, dass am Montagabend der Chef dieses Ladens dort sei, den sollte er mal fragen. Das hatte der Typ aber vor Wochen bereits getan. Dann war der Typ gedanklich schon wieder ganz woanders. Er verabschiedete sich hektisch und verließ den Laden. Jetzt musste Jason vor die Tür und tief durchatmen. Er nahm die Mülltüten mit und brachte diese zu den Müllcontainern am Hinterhof.

Als er am späteren Morgen nach Hause kam,
war er sturzbetrunken und kaum zu verstehen.
Ich hörte nur noch Wortfetzen wie: „Der Gast
war da und fragte nach einer schwaschen
Tascheee…wieso fragt man nach einer
schwaschen Tascheee, wenn man ein kleinen
Beeeuel mit Edelscheinen such?"…Ich zog ihm
die Schuhe aus und legte ihn auf das Bett.
Dann zog ich die Vorhänge zu, bevor ich zur
Arbeit ging.
Spätabends als ich nach Hause kam, saß
Jason in der Küche. Das schwarze Säckchen
lag auf dem Küchentisch. Er sah mich an und
sagte: „Wir müssen es zurückbringen." Ich
antwortete nur: „Ruhig, wir werden nichts
überstützen und zu voreilig handeln. Dieser
Mann hat wohl seine Gründe nicht direkt nach
den Edelsteinen zu fragen, sondern nur nach
einer Tasche, die ihr Wahrheitsgemäß nicht
gefunden habt. Also scheint er jetzt eine andere
Spur zu verfolgen."
Ich legte das Säckchen zwischen meine
Socken im Kleiderschrank. Und sagte zu Jason:
„Ganz ruhig, wir warten jetzt noch ab."

Das liebe Geld

Einige Monate vergingen und es passierte nichts. Bis eines grauen Wintermorgen Jason nach Hause kam und völlig aufgelöst war. Entsetzt schaute ich ihn an und wir setzten uns ins Wohnzimmer. „Ich habe ihn wiedergesehen und er hat mich direkt angesehen", sagte Jason verzweifelt. „Wen hast du gesehen?" fragte ich. „Na den Typ mit dem verlorenen Beutel. Direkt auf dem Kiez gegenüber vom Laden stand er und schaute rüber". Ich versuchte ihn zu beruhigen und sagte, das sei bestimmt ein Typ gewesen, der nur so aussah. Und wenn schon, dann war er halt dort, ist ja ein öffentlicher Ort. Am nächsten späteren Morgen, als Jason dann von der Arbeit kam, hatte ich Ihm einen Zettel auf dem Küchentisch hinterlassen. Dort stand nur: „Bin unterwegs etwas erledigen, warte nicht auf mich. Ich hatte ein paar Geschäfte im Rheinland ausfindig gemacht und Ihnen von einer Erbschaft erzählt. Ein Händler bot mir nur lauft Fotos und Beschreibung ca. 10000 Euro abzüglich Gebühren. Also fuhr ich in der Früh mit dem Auto nach Düsseldorf zum Händler. Während der Fahrt kam mir zigtausende Gedanken, was ist, wenn der Typ erneut auftaucht und Jason bedroht? Aber der Kerl sagte ja auch nicht ehrlich, was er wirklich vermisste. Dies hatte sicherlich einen Grund. In Düsseldorf angekommen, fuhr ich direkt zum Händler. Als ich den Laden mit dem Säckchen betrat und sagte:" Guten Tag, wir haben telefoniert. Und er lächelte freundlich. Das kleine unscheinbare Geschäft in einer Seitengasse der Düsseldorfer Innenstadt. War auch ein Juwelier und Uhrenmacher. Die Einrichtung war schon sehr alt, aber noch nicht antik und viel mit Goldverzierungen an der Wand. Der Ankäufer sagte dann: „Dann schauen wir uns die Kleinen mal an." Als ich das Säckchen mit den Steinen auf den Tisch legte und er ein Mikroskop dazustellte. Er untersuchte jeden einzelnen Stein und gab hin und wieder ein „hm"…"aha"…"so" von sich. Dann sah er über seine Spezialbrille hinweg und sah mich an. „Wo haben sie die noch her?" Ich antwortete mit meinem einstudierten Text, den ich mir immer und immer wieder im Auto aufgesagt hatte: „Ich habe von meiner Oma eine alte Spieluhr geerbt und dort lagen sie in einem der Fächer." Er sah zu den Steinen, dann zu mir und dann wieder zu den Steinen. Ich dachte nur, scheiße jetzt bin ich aufgeflogen. Was mache ich jetzt, dann klingelte mein Handy. Es war Jason. Das passte mir gar nicht, jetzt mit ihm zu sprechen. Der Ankäufer stand auf und sagte: „Gehen Sie ruhig ran, ich habe noch zu tun" und holte einen Taschenrechner dazu. Ich verließ das Geschäft und blieb vor der Tür stehen. Das Gespräch von Jason nahm ich nicht an. Ich legte den Hörer auf und tat als würde ich weiter telefonieren. „Ach, hallo Liebling, ja ich bin unterwegs wegen der Erbsachen meiner Oma, ich melde mich, wenn ich auf dem Rückweg bin", sprach ich extralaut. Dann atmete ich tief durch und betrat das Geschäft erneut. Der Ankäufer sah zu mir auf, nahm seine Brille ab und sagte: "Laut meiner Schätzung komme ich auf einen Preis von 10.800,-€ abzüglich Gebühren, keine Zertifikate vorhanden, liegt der Auszahlbetrag bei 9.875 €. Soll ich Ihnen dies in bar auszahlen oder per Sofortüberweisung auf ein Konto?" Ich starrte ihn mit geöffnetem Mund an und antwortete nur: „Gern Bar". Er verschwand in den hinteren Bereich des Ladens und kam nach kurzer Zeit wieder mit einem Papierumschlag zurück. Die Geldscheine legte er auf den Tisch und fing an zu zählen…"900, 1000, 2000, 3000, 4000, 5000, 6000, 7000, 8000, 100, 2, 3, ,4, 5, 6, 7, ,8 und 50, 70, 75 Euro, lagen vor meinen Augen, die er dann in den Papierumschlag steckte. Ich nahm mit einem künstlichen Lächeln den Umschlag entgegen und bedankte mich für seine Unterstützung. Er bedankte sich ebenfalls und fügte noch hinzu: „Guten Heimweg und seien Sie vorsichtig!" Ich winkte ihm von draußen durch das Schaufenster, ging zügigen Schrittes zu meinem Wagen und stieg ein. Es war zur Mittagszeit und ich verspürte plötzlich einen Riesenhunger. Ich konnte ja aber nicht so mit dem ganzen Geld herumlaufen und im Auto lassen schon mal gar nicht. Also blieb nur ein Drive In und dann zurück auf die Autobahn Richtung Norden. Während der Autofahrt kamen mir tausend Ideen, was man alles mit dem Geld anstellen könnte. In Urlaub fahren, schöne Klamotten kaufen, neuen Fernseher kaufen etc. doch dann hatte ich immer wieder diesen Gedanken, doch lieber das Geld zu nehmen und Jason endlich bei seinem Chef heraus zu kaufen. Jason hatte keine Schulden bei seinem alten Chef, aber es war nun mal so, wie bei den Bordstein-Schwalben, auch wenn er schon längst nicht mehr für das Milieu arbeitete. Wer aus dem Milieu raus will, muss bezahlen...sonst wird man nie in Ruhe gelassen.

Nach vielen Stunden Autofahrt, kam ich endlich am Parkplatz meiner Wohnung an. Es war später Abend geworden und ich sah Licht in der Wohnung brennen. Ich ging mit dem Umschlag voll Geld zügig zur Wohnung und drehte mich noch einmal um, bevor ich das Treppenhaus betrat. Ich hatte die ganze Zeit das Gefühl, mir folgte jemand. Aber vermutlich war es nur mein schlechtes Gewissen, welches Stufe für Stufe immer ein Schritt hinter mir gewesen war. Ich hörte im letzten Stockwerk meiner Wohnung angekommen, wie die Tür sich öffnete. Jason stand in der Tür und strahlte mich an mit den Worten: „Hast du es dabei?" Ich antwortete ihm: „Ne du, der hat es mir doch nicht geben wollen." Sein Blick erstarrte während ich die Wohnung betrat und die Tür schloss. Ich wand Jason den Rücken kurz zu und warf dann die gesamten Scheine in die Luft, Richtung Wohnzimmer. All das ganze Geld

flatterte wie Herbstlaub im Wind durch die
Wohnung und dann zu Boden. „Das wollte ich
schon immer mal machen" sagte ich und legte
mich auf die Geldscheine. Jason legte sich
ebenfalls auf den Boden und nahm ein paar
Scheine in die Hand und hielt sie mir unter die
Nase. „Siehst du, Geld stinkt wirklich nicht." Wir
lachten beide und träumten, was wir alles damit
anstellen könnten.

Am nächsten Morgen war ich früh wach und
ging ins Wohnzimmer, Jason war auf der
Couch eingeschlafen und um ihn herum lagen
noch die Scheine auf dem Boden. Ich hob alle
Geldscheine auf und steckte sie wieder in den
Umschlag. Er öffnete seine Augen und sah
mich grimmig an: "Was machst du, es ist noch
früh am Morgen", sagte er zu mir. „Komm, wir
gehen ein wenig Shoppen und heute Abend
kaufen wir dich raus!" erwiderte ich und warf
ihm seine Klamotten vom Vortag auf sein
Gesicht. Er sah mich nur an und hob sich
langsam von der Couch hoch.
Nachdem er sich angezogen und etwas frisch
gemacht, ging es in das nächstgelegene
Shoppingcenter und wir schlenderten durch die
Geschäfte. Es war ja mal wieder typisch für
mich. Da hatten wir jetzt mal richtig Geld in der
Tasche und ich fand kein einziges
Kleidungsstück, welches mir wirklich gefallen
hätte, sodass ich es unbedingt haben musste.
Dabei konnten wir es einfach kaufen. Vielleicht
war es auch mein schlechtes Gewissen, denn

eigentlich gehörte dieses Geld jemand anderen. Vielleicht gehörte dieses Geld jemanden, der diese Steinchen mit Diebstahl, Prostitution oder Drogenhandel bekommen hatte. Es war merkwürdig, dass bisher keiner weiter nach diesen Steinen geforscht hatte. Mir gingen viele Gedanken durch den Kopf und ich war gar nicht mehr beim Shoppen richtig anwesend.

Plötzlich hörte ich nur: „Hey Süüüüße!" Jason hatte mich schon mehrmals angesprochen, doch erst jetzt hatte ich es wahrgenommen. Er hielt mir ein super teures Designer-Hemd vor die Nase und legte es sich vor seine große muskulöse Brust. „Ja, sieht gut aus, aber probiere es doch erst einmal an", sagte ich dazu. Er zog sich sein altes, verwaschenes, graues T-Shirt aus und zog das Designer-Hemd noch im Geschäft über. Der Blick auf seine gebräunte mit Muskeln bepackte Brust wurde mir mit jedem schließen eines Knopfes mehr und mehr versperrt, dennoch konnte man seine gut definierten Oberarme jetzt sehr gut unter dem Hemd erkennen. Ich wurde ganz nervös und hätte ihm am liebsten das Hemd gleich wieder aufgerissen. Er entschied sich das Hemd vom Geld zu kaufen. Als wir zur Kasse gingen, fragte er mich: „Was ist los, heute ist ein wunderbarer Tag, wir kaufen mich raus und dann wird alles anders." Ich antwortete nur: „Schlechtes Gewissen." Ach, was schlechtes Gewissen, wir haben etwas gefunden und zu Geld gemacht. Und jetzt gehen wir etwas Schönes Trinken."

Wir gingen in eine Bar die schon am frühen Abend geöffnet hatte und tranken noch einen Cocktail zusammen. Anschließend fuhren wir gemeinsam zum Kiez und setzen uns in einen nahegelegenen Imbiss. Wir wollten uns beraten, wie viel er wohl von dem Geld ausgeben wollte, um endlich frei sein zu können, aber auch nicht das ganze Geld dafür ausgeben zu müssen. Ich riet ihn mit dem Chef zu verhandeln und zu schauen, dass er so wenig wie möglich bezahlen musste. Dann war es Zeit, Jason hatte natürlich sein neues Designer-Hemd an, als er über die Reeperbahn Richtung Laden ging, wo er mit seinem Chef verabredet war. Ich blieb im Imbiss sitzen und trank eine Cola nach der anderen und dem ganzen Bargeld noch in meiner Tasche. Ich hatte ein ungutes Gefühl, hoffentlich ging alles gut und er müsste nicht zu viel bezahlen. Ich wartete und wartete, beobachtete die vielen Menschen vor dem Schaufenster des Imbisses und Partypeople Richtung „Große Freiheit" laufen. Die wünschte ich uns auch. Eine Stunde später kam Jason rüber gelaufen zum Imbiss mit einem Lächeln. Ich sah ihn erwartungsvoll an. „Alles gut, es sind 3, das ist ok". Ich fragte ihn gleich „ist ihm dein neues Hemd aufgefallen?" „Ja, aber ich sagte ihn, das hat mir ein Bekannter geschenkt Chef hat es abgekauft". Wie vorab besprochen, ging ich zur Toilette und Jason wartete am Tisch. Auf dem Klo holte ich 3000 Euro aus dem Umschlag, versteckte das den Umschlag wieder gut in meiner Tasche und steckte die 3000 lose in meine Hosentasche. Jason legte einen 10 Euro Schein auf den Tresen vom Imbiss. „Stimmt so", sagte er und wir verließen das Lokal. Wir überquerten die Reeperbahn und gingen Richtung Laden. Je näher wir kamen, umso weiter gingen wir voneinander entfernt, bis ich weiter hinter ihm zurückblieb. Jason stand unmittelbar vor dem Laden und wollte hineingehen und ich ging weiter die in die entgegengesetzte Richtung der Straße entlang, damit uns dort niemand zusammen sah. Ich stieg mit dem Geld in meiner Tasche in die U-Bahn und führ nach Hause.

Einige Stunden später kam auch Jason endlich mit den Worten „Es ist alles geregelt", nach Hause.

Die Dreitausend Euro waren zwar weg, aber er war frei.

Getrennte Wege

Einige Wochen später hatten Jason und ich
einen Riesenstreit. Es ging um dieses Geld,
Jason wollte die für schöne Dinge ausgeben,
aber ich wollte dies Geld nehmen um
Rechnungen zu bezahlen. Es schaukelte sich
so hoch, dass er sagte. „Wir haben wohl so
unterschiedliche Ansichten. Ich glaube es ist
besser, wenn ich gehe! Wir teilten das
verbliebene Geld gerecht untereinander auf. Er
packte ein paar Sachen in eine Sporttasche
und ging.
Am Abend bekam ich noch eine Nachricht von
Jason, er war zu seiner Schwester gefahren
und von dort aus wollte er mal sehen wohin es
ihn zieht. „Es täte ihm so leid, aber es ging wohl
nicht." Wir waren wirklich sehr unterschiedlich
und hatte so eine ganz andere Lebensweise,
die sich wohl doch nicht vereinbaren ließ. Trotz
der großen Gefühle zueinander, hatten die
vielen Situationen Vieles kaputt gemacht und
auch das bisschen mehr Geld, machte es nicht
besser.
Ich beschloss, das Geld in der Keksdose in
meiner Küche aufzubewahren und war zwar
traurig, dass er mal wieder weggelaufen war.
Wie ein streunender Kater.
Aber diesmal wollte ich keine „Suchzettel" in
der Nachbarschaft aufhängen und hoffen, ich
würde miauend wieder vor meiner Tür stehen.
Ich traf mich nach meiner Arbeit mit meinen
Freundinnen, besuchte endlich mal wieder die

Familie und kümmerte mich einfach nur um mein Leben. Das klappte tagsüber auch ganz gut. Aber wenn ich wieder alleine in meiner Wohnung war und den dunklen Lichtern der vorbeifahrenden Autos mit den Augen folgte, fragte ich mich schon, wie es Jason wohl geht. Hat er gerade ein Dach über dem Kopf? Oder schläft er irgendwo draußen auf der Straße? An manchen Freitagabenden zog es mich alleine auf die Meile. Ich zog mir dann dunkle Kleidung an, um möglichst unauffällig, wie eine Katze durch die Straßen ziehen zu können.

Was zog Jason bloß immer wieder hierher? Nach ein paar Monaten, wieder an einem Freitagabend im Winter, es schneite wie verrückt und hüllte den Kiez in einen Hauch von Puderzucker und feuchtem Nebel, eben typisches Hamburger Schmuddelwetter.

Ich ging mal wieder die Straßen allein entlang, plötzlich kam ich am Motel vorbei, indem Jason einmal gewohnt hatte. Ein Typ hüpfte die letzten Stufen des Eingangs auf die Reeperbahn und schaute mich an, als ich gerade vorbeiging. Ich glaube, er hatte mich erkannt oder schon öfter gesehen. Auf jeden Fall nickte er mir zu, als wollte er sagen: „Dich kenne ich doch." Dann verstand ich endlich was Jason gemeint hatte. Alle, die im Rotlicht sind, sind auch irgendwie eine Gemeinschaft, man kennt sich halt. Wenn man selbst Familie nicht so richtig kennt, fühlt sich dies wenigstens ein wenig so an. Diese Mischung aus Zugehörigkeit, Freiheit, Mysterium und Verbotenem, gekleidet in Kabarett mit falschen Brüsten und Wimpern, unechten Penissen in Glaskästen, Frauen in Schaufenstern, Party-Meile, dröhnenden Bässen und Hip-Hop Musik, buntem Neonlicht und Gerüchen aus Döner, Bratwürsten, Fastfood und Gras, Junge Partyleute feiernd, liegen sich in den Armen, daneben sitzt ein Obdachloser mit seinem Hund im Arm am Boden, in den Seitenstraßen stehen dunkle Gestalten, während nur die Augen das Neonlicht zurückwerfen, die Mädchen am Straßenrand, so jung, so hübsch, ihre Haare über die Schultern werfend, während sich Touristen mit Ihren Rucksäcken wie Ameisen in Einer-Reihe vorbeischlängeln. Es scheint die Mischung aus Allem, wie ein Strudel im Wasser, der zu einem Sog wird und alles verschlingt, wenn man nicht gegen an schwimmt…

Ich verstand es endlich, wollte dieses Leben, aber nicht für mich, obgleich es auch faszinierte. So beschloss ich, die Meile nicht mehr zu besuchen und Jason in seiner Welt zu belassen. Ich ging zur Bahn und fuhr in mein Leben wieder zurück.

Mein Leben zurück…

Während meiner Arbeit hatte ich mehrere Anrufe in Abwesenheit auf meinem Handy. Die Rufnummer kam mir nicht bekannt vor, ich konnte diese überhaupt nicht zuordnen. Ich hatte mir vorgenommen, wenn ich endlich Feierabend habe, würde ich mal diese Nummer zurückrufen um herauszufinden, wer zu dieser Rufnummer gehörte. Ein paar Stunden später, ich hatte wieder mehrere Anrufe in Abwesenheit, allerdings als anonymer Anrufer. Ich ging gerade Richtung meines Autos nach Feierabend, als ich den Anruf annahm. Ich sagte nur kurz „Hallo?" Es war zunächst stille am anderen Ende der Leitung, dann kam ein kurzes: „Hallo, hier ist Gina, ich bin die Schwester von Jason." Dann wieder stille am anderen Ende. Ich erwiderte fröhlich: „Oh hi wie geht´s?" Sie machte einen tiefen Seufzer ins Telefon und fuhr fort: „Ich wollte dir nur sagen, falls du es überhaupt wissen möchtest, dass Jason gestern seinen Verletzungen im Krankenhaus erlegen ist. Er hatte auf der Landstraße einen schweren Verkehrsunfall. Sein Auto überschlug sich mehrfach. Er wurde mit dem Hubschrauber in ein nahegelegenes Krankenaus gebracht. Die Ärzte versuchten noch…"…Not-OP…Reanimation…"erfolglos.

Ich konnte den Worten von Gina nicht mehr folgen…ich hörte die Worte, aber nahm sie überhaupt nicht mehr wahr und legte den Hörer auf. Ich spürte wie mein Kreislauf absackte und sich alles wie ein Tunnel im Sichtfeld meiner Augen zusammenzog, als ob jemand plötzlich eine riesige Klarsichtfolie um mich hüllte, während meine Seele Richtung Himmel gezogen wurde und meine Gliedmaßen bedingungslos der Schwerkraft folgten. Dann erstarrte mein Körper für wenige Sekunden. Als ich zu mir kam, stieg ich in mein Auto und fuhr nach Hause. Ich nahm mir von der Arbeit 3 Tage frei und blieb nur Zuhause im Bett. Am dritten Tag rief ich Gina an und entschuldigte mich, dass ich einfach aufgelegt hatte. Sie hatte vollstes Verständnis dafür und ich kam endlich mal dazu zu fragen, wie ihr es überhaupt damit ging. Es war so egoistisch von mir, sie hatte ja gerade ihren einzigen Bruder verloren und muss in tiefer Trauer stecken. Sie sagte zu mir: „Weißt ich bin sehr traurig meinen Bruder verloren zu haben, aber irgendwann musste es so kommen." Jason hatte einmal selbst zu mir gesagt, dass es besser wäre, wenn ich mir einen anderen Mann suche, er hätte es im Gefühl, dass er nicht alt werden würde. Er erzählte viel, wenn der Tag lang war und hatte in vielen Dingen Unrecht, aber das er bei dieser Sache Recht behalten würde, war für mich unfassbar. Gina sagte mir noch wo und wann die Beerdigung sei und fügte hinzu, dass sie es sehr schön finden würde, wenn ich auch käme.

Ein paar Wochen später, bei der Beerdigung, stand plötzlich seine Schwester neben mir, daneben still, eines ihrer Töchter. Ich hatte sie überhaupt nicht bemerkt und traute mich kaum etwas zu sagen. Dann sprach sie mich an: „Er hat dich sehr geliebt, das hat er mir oft gesagt, aber er wusste das er dir nicht guttat und fühlte sich häufig nicht gut genug für dich." Mir liefen plötzlich doch die Tränen über die Wangen, obwohl ich zuvor nicht geweint hatte. Ich sah zum Grab und ging einen Schritt darauf zu. Der Boden der verschiedenen Erdschichten verlief in unterschiedliche Brauntöne und ich musste plötzlich an Baumkuchen denken, den meine Oma zur Weihnachtszeit gern aufgeschnitten anbot. Jason mochte diesen Kuchen gern. Ich warf eine weiße Rosen und eine einzelne rote Rose in das Grab. Während die Rosen auf die Urne fielen, lösten sich ein paar Blätter von der Blüte ab, als wollten sie die Urne umarmen. Ich drehte mich zu seiner Schwester um, nahm sie in den Arm und sagte zu ihr: „Er wird immer bei uns sein, für jeden von uns, auf seine Art und Weise." Ich verließ den Friedhof mit bedächtigen Schritten. Währenddessen spürte ich die ersten Tritte in meinem Bauch….

Am Friedhofsausgang, sah ich eine schwarze
Krähe am Baum sitzen, die mich gefühlt
anstarrte. Als ich zurücksah, flog sie los in
Richtung
Himmel.
Vielleicht hatte
dieser Vogel
die Seele von
Jason
davongetragen
oder es war
einfach nur
eine Krähe…

Die wa(h)re Liebe kann man überall
finden, egal wo
…… sogar auf der sündigsten Meile…

Printed in Great Britain
by Amazon